文治
© wénzhi books

更好的阅读

小偷家族

万引き家族

[日] 是枝裕和 —— 著

赵仲明 —— 译

目 录 / contents

第一章 可乐饼 / 1

第二章 面筋 / 31

第三章 泳衣 / 111

第四章 魔术 / 139

第五章 弹珠 / 195

第六章 雪人 / 249

第一章

可乐饼

コロッケ

祥太第一次见到那女孩是在去年夏天。

　　5层楼建筑的老式住宅小区门口，有一排银色的信箱，下面随意扔着儿童自行车、什么人忘了拿走扔掉的纸板箱等物品。女孩好像受罚似的坐在那儿，注视着过往的行人。

　　该住宅小区正好位于祥太和父亲每周都要光顾一次的超市和自己家的中间地带，超市的名字叫"新鲜组"。过去应该更白些的墙上有些裂缝，为了掩盖这些裂缝，上面新涂上了白漆，凸显出白墙已被熏成灰色的现状。

　　"差劲儿，干得一点儿不专业。"

　　父亲阿治每次经过这里，只要抬头看到小区建筑物的外墙，便会用胳膊捅一下祥太这么说。父亲过去干过油漆工。

"为什么不干了？"祥太这么一问，父亲总是笑着回答："你老爸有恐高症。"

父亲称这个小区为"公团[1]"。母亲信代称它为"都营[2]"，祥太没法区分究竟哪种说法是正确的，两者有什么不同。信代说"租金好便宜"时，大多数情况下语尾都会带着冷笑，听上去有些嫉妒，有些不屑。

父子俩每周三去超市，并不是为了买东西，而是要去完成维持柴田家生计的一项重要工作。周三是超市打折的日子，顾客尤其多。虽说超市墙上到处贴着"三倍积分"的广告，但祥太搞不清究竟能比平时划算多少。两人走进超市的时间，是周三的傍晚5点，瞄准的正是准备晚餐的人们挤满超市的时间段。

那天一大早起就非常冷，甚至刷新了2月份最低气温的纪录。

---

1 即"公团住宅"，是由政府主导的公共性住房，租金低廉。——译注
2 即"都营住宅"，是由东京都政府主导经营的低廉公租房。——译注

天气预报不停播报着傍晚降雪的消息。从家里到超市要走15分钟，祥太的手指冻得失去了知觉，他很后悔没戴手套就出门了，这种状态没法工作。

祥太一走进超市的大门便停了下来，他边向里面张望，边使劲儿活动着插在口袋里的五根手指，他想让它们尽快恢复知觉，哪怕一点点。

落后几步远的阿治也走进了超市，他默不作声地站在祥太身边。此刻他们没有视线交流。这是两人开始进入工作状态时的不言而喻的规矩。

阿治拿起放在入口边上供人们品尝的橙子，嘴上"嗯"了一声，分了半只给祥太，眼睛并不看他。

祥太接过橙子，放在手掌里冷冰冰的。

为了保护刚有点回暖的手，祥太把橙子一口塞进嘴里，酸味在口腔里四散开来。毕竟是试尝品，味道不怎么样。

两人不经意地对视了一下，并排向超市里面走去。

阿治很快将葡萄放进提在手上的蓝色购物篮里，那是泛着黄绿色的看上去很高级的品种。

"有籽的葡萄吃起来麻烦。"阿治基本上只吃颗粒很小的紫红色的葡萄。祥太知道那是因为那种葡萄最便宜,不过他从不说出口。

今天不需要担心价格。阿治随手将两盒葡萄放进购物篮。直走是卖鱼肉等生鲜食品的区域,左拐是杯面和点心零食区。两人轻轻对碰了一下拳头,分头走向两条线路。祥太慢腾腾地左拐过去,在事先选好的目标——点心零食的货架前停下,将双肩包放到地上。双肩包上的小飞机挂件晃动了几下。

祥太眼前的镜子里出现了店员的身影。他是上个月才来的年轻临时工。这人不构成威胁,没问题。为了确认那人的位置,祥太将脸转向左侧,在超市里巡视了一圈的阿治正好折了回来。阿治竖起三根手指,示意店员在哪些位置。祥太微微点了下头,双手轻轻合在胸口,食指打了几个转,左手握成拳头送到嘴边,吻了一下。

祥太是左撇子。每当开始"工作",他必须先要完成阿治教他的这种仪式。

　　他眼睛注视着镜子中的店员，刚才为自己祷告的左手小心翼翼地伸向巧克力。他屏住呼吸抓起巧克力，看都不看地丢进了事先打开拉链的双肩包里。微弱的声音被超市里的音乐和喧闹声掩盖住了。不用说店员，众多顾客谁也没有注意到祥太的举动。

　　开张大吉。祥太重新背起双肩包，移动位置。今天的工作重点是杯面。祥太停在最爱吃的超辣猪肉泡菜面货架前，又将双肩包放到脚下。有个店员站在通道狭窄的货架前迟迟不动。这个中年人是高手，很难对付。

　　"等到你能摆平他，你就够格了。"阿治这么告诉过祥太，所以，祥太把和这个人的对决看作今天"工作"的高潮部分。不过，这男人不会轻易露出破绽。

　　不能连个购物篮都不拿在超市里逗留太长时间，太扎眼。还是放弃这里，移到别的货架吧。正当祥太这么思考着，阿治提着装满商品的购物篮走了过来。他在店员和祥太中间一站，假装挑选辣椒酱，挡住了店员的视线。

需要外援,这让祥太有点沮丧,不过这样可以大胆工作了。祥太迅速抓起阿治喜欢的咖喱乌冬面、自己喜欢的猪肉泡菜面,扔进双肩包,随即径直走向出口。阿治确认祥太已经走出超市,也放下购物篮,就像来的时候一样,两只手抓满试尝的橙子,走出店门。

他的身后只留下了购物篮,里面装满和他们的生活基本无缘的高级食材——寿喜锅用的松阪牛肉、金枪鱼的中段刺身等。

世人称作"小偷"的犯罪,便是这对父子的"工作"。

"工作"完成得顺利时,两人便会选择穿过商店街回家。商店街很久以前就有了,在有轨电车站的前面。他们要在名叫"不二家"的肉铺买可乐饼。

"要5个可乐饼。"

比阿治先行一步走到肉铺前的祥太对售货员大妈说道。

"450日元。"

大妈总是这么笑嘻嘻地回应。她将钳子伸向藏在玻璃柜中的可乐饼,玻璃柜被热蒸汽熏得看不清里面。祥太将脸凑了上去,他想确认她给自己挑的是哪个可乐饼。祥太穿着不知是谁留下的肥得不合身的长裤,但脸上透着机灵。他注视着眼前的可乐饼,大黑眼珠在发光。恐怕谁都不会想到,这个少年刚才还在干着那样的"工作"。

"工作"暂告一个段落。心情不错的阿治把自动售货机上买的热乎乎的杯酒放在玻璃柜上,从上衣口袋里取出钱包。他身着穿旧了的红夹克加上灰色工装裤,发型有些奇怪,看起来比他45岁左右的年纪要老一些。

"多少钱?"

"450日元。"

大妈又说了一遍。阿治将零钱放在玻璃柜上,数出450日元排在一起。

"有个破窗器的话……这种形状,一下就能将玻璃砸得稀巴烂。"

阿治在上班午休时间去的一家店里见过那种工具，一下子就喜欢上了。

"多少钱？"

祥太也很感兴趣。

"2000 日元左右。"

"真贵呀！"

一听价格，祥太没了笑容。阿治看着他的表情笑了。

"买的话是贵。"

阿治好像打心眼儿里就没打算买。

"让您久等了。"

大妈眯着本来就小的眼睛，将装着可乐饼的纸袋放在玻璃柜上。

祥太取过纸袋，两人又并排走了起来。装满战利品的双肩包很沉，但祥太的脚步十分轻快。

"我在三河岛的家居中心看到过……那里的保安看得很紧。"

阿治似乎在脑子里酝酿着计划。

"有两个人，没问题。"

祥太说着，冲阿治笑起来。阿治转过脸来，两人又碰了下拳头。

走出商店街，人一下子变得稀少起来。刚过6点，路灯稀少的街道犹如深夜一般寂静。大家可能都信了早晨的天气预报早早回家待着了吧，祥太想。的确，天色已经暗了下来，气温变得更低了，两人哈出的气都是浑白色的。

可乐饼上的油渗到茶色纸袋上了。祥太将可乐饼的纸袋小心翼翼地抱在怀里，留意着不碰到那个油腻的地方。回到家里，烧好开水，倒入杯面，将可乐饼放在杯面的盖子上加热，然后在面汤里浸一下，这是祥太从阿治那里学来的可乐饼的正确吃法。

可是最近阿治自己却连10分钟也忍不了了。这天也是，在走到临近的住宅小区前，阿治已经开始吃自己的那份可乐饼了。

"嗯……可乐饼果然要吃不二家的。"

阿治感慨道。

"没错儿。"

祥太馋得咽了一下口水。

"吃了吧!"

阿治指了指纸袋。

"忍一忍,忍一忍。"

祥太抱紧口袋。

"搞得好穷酸……"

阿治为了替自己缺乏耐心找借口责备祥太道。

"啊……"

祥太突然站住了。

"怎么啦?"走在前头一步的阿治回头问。

"忘记洗发水了……"

祥太想起出门前信代的妹妹亚纪托自己的事。

"下次吧。"

这么寒冷的天气,不想折回去了。两人开始加快脚步。硬邦邦的脚步声在冬天的夜空中响起。

两人忽然听到玻璃瓶倒在水泥地上滚动的声音。声音来自住宅小区1楼的外走廊。阿治停下脚,向走廊里张望。

隔着栅栏,一个小女孩坐在地上。她穿着脏兮兮的红颜色的卫衣裤,没穿袜子,光脚穿着大人的拖鞋。

已经是第几次看到她了?每次看到她时,女孩都目光呆滞地注视着房门。

阿治转过头,对表情吃惊的祥太说:

"她还在那儿。"

阿治靠近栅栏,透过栏杆的间隙向里面张望。

"你怎么了?"

"……"

女孩发现了阿治,看着他,一言不发。

"你妈妈呢?"

女孩摇摇头。

"不让你进门吗?"

不知发生了什么，女孩好像是被人从屋子里赶出来的。

祥太拉了一下阿治的衣服。

"喂……快回吧。冻死啦！"

"你没看见吗……"

阿治制止了祥太的不满，又向女孩转过脸去。他将拿在手上吃到一半的可乐饼递给她。

"吃吗？可乐饼。"

祥太家的房子是独立的平房，三面被高层住宅楼包围。屋后的小巷子里有一家名叫"乐趣"的小酒馆，小酒馆边上是一栋两层楼的老式公寓。这里原来有两栋平房，当时的房东只改建了路边的一栋，而躲在公寓后面的平房被保留了下来，那就是祥太一家住的房子。曾经有很多开发商找上门来，在这里住了50年的房主初枝就是不点头。即便泡沫经济时期周围的住宅都变成了高楼大厦，只有这栋平房，犹如陷入腹中的肚脐，既没有挪动位置，也没有重建。不久它也就在人们的意识中消失了。

"不会是杀了爷爷把他埋在地底下了吧？"

每每说到房子的话题，阿治总是这么开玩笑。

祥太和阿治带女孩回家时，家里正在准备晚饭。阿治的妻子信代站在厨房煮乌冬面。奶奶初枝在收拾矮脚桌上零乱的物品。说是收拾，也只是把东西移到从早到晚堆在房间一角的被褥上。和信代没有血缘关系的妹妹亚纪没在厨房里帮忙，她刚洗完澡，一个人把脚伸在矮脚桌底下，在为剪得太短的刘海发愁。她的面前放着乌冬面的锅子。

大家一起吃了既不放葱，又不放鸡蛋，也没有油炸豆腐的素面。对于这个家庭来说，吃饭这件事，本质上不是为了享受，只要能果腹、御寒就行了。大家吮吸乌冬面的声音在屋子里响起时，女孩坐在屋子角落里的电视机前，一声不吭地吃着阿治给她的可乐饼。

大概是嫌洗碗太麻烦，信代坐在厨房的餐桌前用长筷子直接从锅子里边捞边吃乌冬面。她注视着女孩的背影开口道：

15

"要捡也捡个带点钱味儿的回来呀！"

"我鼻子不好使。"

阿治为自己辩解似的说，目光停在祥太身上寻求支援。祥太正从双肩包里取出今天的战利品，放进存放偷盗品的篮子里。这个篮子也是从"新鲜组"超市顺回家的。

"祥太，洗发水呢？"

亚纪看了一眼篮子问道。

"忘了。"

祥太老实回答。亚纪只是有些不满地咧了下嘴，视线又马上回到乌冬面上。比起洗发水，她现在更不满的是刘海，这对祥太来说算是走运。

"你叫什么？"

信代问。

女孩嘴上嘟哝了一句，她的说话声被外面跑着的电车声盖住了，听不清。大家伸长脖子，想听女孩说什么。

"她叫有里……"

离女孩最近的祥太替她告诉大家。在这个家里，祥太的听力最好。祥太提着变空了的双肩包走进起居室的壁橱里，确认了一下眼前的闹钟。还需要 30 秒时间杯面才能煮好。

"有里……"

信代重复着祥太说的名字。

初枝将报纸铺在脚下剪着指甲。

"多大了？"信代又问。有里伸出 5 根手指。

"还在上保育园……"

信代自语道。

"照 5 岁来看的话，长得太小了。"

初枝停下剪指甲的手，随口冒出一句。初枝留着几乎全白了的长发，在脑后扎成一束。将近 80 岁的年龄，头脑清晰，身板硬朗。她常常不戴假牙，笑起来就像露出黑牙床的魔女。

也不用急着全家人吃着饭时坐在边上剪脚指甲吧，不过，初枝做事一贯旁若无人，我行我素。也许可以更准确地说，喜欢恶作剧的坏性格令她故意干出一些让人讨厌的事，看着周围人的反应，她感到很满足。

"吃完后把她送回去。"

信代叮嘱了阿治一句，重新把一张脸埋在锅里吃乌冬面。

"今天外面太冷了吧……明天……"

"不行不行。这里又不是儿童福利院。"

信代预感阿治会说"明天不行吗"，所以先把他要说的话挡回去。

阿治听信代这么说，嘴角浮起了开玩笑的坏笑，用筷子指着眼前的初枝。

"你问问。虎面人[1]在那儿。"

"别用筷子指人。"

初枝回看了阿治一眼，有些不悦。

她起身，双手提着装着脚指甲的报纸，故意在阿治跟前跟

---

1 "虎面人"是日本动漫中的有名角色。他名叫伊达直人，从小被寄养在孤儿院，长大后成为职业摔角手，由于技艺高超，迅速走红。成名后，他将巨额奖金捐助给在那里度过童年的"儿童之家"，成为人们心目中的大英雄。——译注

趔了几步。

"脏死啦！"阿治高声叫道，身体夸张地躲向另一侧。

初枝提着打开的报纸走到玄关，用力将指甲倒在鞋子杂乱地放在那里的水泥地上，随后"啪嗒、啪嗒"拍了几下报纸。

"奶奶，不是说过不要把垃圾倒在那里吗？"

信代高声道，可已经来不及了。

"好嘞！"

初枝没事人似的从玄关返回起居室，将报纸放在一角，坐到有里身边。

"盯着老人的养老金，这大哥没出息着呢！"

"烦人，老太婆。"被初枝嫌弃挣钱极少的阿治，用自己都听不清的微弱声音恶狠狠地骂了一句，这已经算是竭尽全力了。

初枝称呼阿治"大哥"，称呼信代"大姐"。她叫祥太"小哥""阿哥""小毛孩儿"，只有被叫"小毛孩儿"时，祥太才会回嘴"不是小毛孩儿"。

祥太把起居室里的壁橱当成自己的房间，他在里面看着大人们聊天。

壁橱里原本放着被褥,到了冬天懒得叠被,一直堆在矮脚桌边上。这栋木结构平房,建于战后不久,已经超过70年,坐着不动都会感到摇晃。它又被高层住宅包围,白天阳光几乎照射不进来,也不通风。夏天蒸桑拿般炎热,冬天一到夜晚则是彻骨寒冷。

光着脚走在榻榻米上,比走在外面的马路上还要冷。体质畏寒的亚纪,睡觉时还穿着两双袜子。

壁橱里有架子,上面整齐摆放着从柠檬汽水瓶里取出的玻璃球、马路上捡来的铁丝、木块等,这些对大人来说不过是些破烂儿,却都是祥太的宝贝。

墙上还挂着一顶额头上带小照明灯的头盔,那是阿治过去干油漆工时用过的,晚上祥太用它看书。

一家人围在餐桌前时,也只有祥太一个人把饭碗和菜盘拿进壁橱里,这已经成了他的习惯。

由于顺道带回一个女孩造成了忙乱,可乐饼已经完全凉透了。祥太在偷来的杯面里加进热水算是代替微波炉，把可乐饼放在杯面盖上加热。

"叮——"，祥太自己嘴里发出微波炉的响声，用力揭开盖子，把可乐饼浸入面汤中。可乐饼上的油在面汤表面散开。祥太用一次性筷子的尖头把可乐饼分成两瓣儿，将破衣而出的土豆在面汤中捣碎，和面搅在一起吃。这是圆满完成"工作"后祥太对自己的奖励。

"明明长得那么可爱。"

初枝端详有里的脸蛋儿。撩起她额头上的刘海。

有里的头发好像染过那样，是茶色的。这种颜色，似乎更夺走了女孩的天真。

"这个，是怎么回事？"

初枝问道，她发现女孩两只手臂上好像有烫伤留下的伤疤。伤疤看上去还很新。

"摔的……"

应该是预先准备好的吧,一被问到就这么回答,初枝想。有里回话的语气比刚才问她名字时清晰多了。

初枝掀起有里的上衣,肚子上有好几处发红和发紫的乌青块。亚纪皱起了眉头。祥太嘴里塞满可乐饼张望着。初枝用手抚摸了一下那些乌青块。有里身体躲避着。

"痛吗?"

有里摇摇头。情况大致清楚了。

"伤痕累累。"阿治听初枝这么嘟哝,看着信代。

(怎么办?)

阿治用眼神询问信代。

有里脸色很差,确切地说是面无表情。这是来自她自我保护的本能。通过封闭自己的感情,来防止自己所处的环境和所受的对待陷入更大危机。信代只需看女孩一眼便全都能明白。

信代坐在厨房里堆满东西的餐桌上,从高处注视着全家在起居室吃乌冬面。她总是一个人在厨房吃饭,所以今天也不是特例。可是一看到女孩矮小的背影……不,她克制着自己不去看那个背影，信代发现自己今天打心底里就想背过脸去。

信代避开阿治的目光，端着锅站到洗碗池前。

"110找来之前先把她送回去。"

信代说着，将喝空的啤酒罐扔进垃圾箱。

最终，由信代和阿治两人负责送有里回家。

信代如果不主动提议的舌，阿治恐怕会找出各种理由，让这个素不相识的女孩在家里留宿一夜。这对全家来说都是危险的，信代冷静判断。

"就让她在家里留一晚有什么关系。也不知道她家里人让不让她进门。"

信代十分清楚，阿治说这话不是出自同情。退一万步说，就算出自同情，也完全不存在贵任心。

这就是这个男人的个性，从过去到现在都没有改变。信代这么想，所以也决定这么做。这种事情的循环往复，就是阿治迄今为止的人生。换句话说，在他心里从来不存在用对昨天的反省来保证今天,用对明天的展望过完今天。今朝有酒今朝醉就够了。说白了,他就是个孩子。如果真是个孩子倒也罢了,问题是将近50岁的人,不管日子是怎么越过越窘迫的,他依旧每天重复着"今天",这种典型的顺着山坡往下滚的生活已经持续了10年。信代也在这10年中,陪他一起不停地往下滚。

即便日子过成这样,信代还是没有离开阿治,那是因为如果没有她,这个男人一定会变得更加无可救药。这是信代的自负。假如要称之为爱的话,也可以说是爱的一个变种吧。然而,从通常的意义上而言,这种爱让她离幸福越来越远,这也是事实。假如还存在另一个让信代对阿治不离不弃的理由的话,那就是和信代过去遇到的男人相比,阿治算是最靠谱的。

"这种男人哪里好了?"

信代记得和初枝坐在套廊上时被这样问起过。她情不自禁地说了实话:"他不打我。"两人四目相对笑了起来。

"不打人的男人多了去了。"

信代完全想象得到,用怜惜的眼神望着自己说出这句话的初枝，其实一辈子也没遇到好男人。

初枝每当喝醉酒，便会凝视着远处说："真想躺在好男人的怀里。"

"欸……到了这种年龄还有这想法？"

信代嘴上调侃着，心里却想，再过20年自己大概也会对着亚纪嘟哝她那样的话。信代自己最清楚这一点。

"刚刚泡了澡，身体暖和了点，真过分……"

信代和背着有里的阿治并排走在夜晚的大街上，她发着牢骚。

在犹豫不决时，阿治游移不定的目光总是会停留在信代身上。

这次也是，（怎么办？）他用眼神不断向信代寻求答案。自己不负责任地把人带回家，还问什么"怎么办"。信代虽然这么想，但陪伴在他身边那么多年，她已经完全清楚，无论说什么，这个男人也不会长大，所以也不再有什么期待。

走在漆黑的夜路上，有个穿黑大衣白领模样的男子边打手机边迎面走来。

两人不由自主地停止了聊天。

他是和恋人说话吗？听上去有点下流的笑声中带着兴奋。

"把她当成我们的孩子了吧？"

阿治回头看了一眼男子的背影，他好像发现了恶作剧机会的孩子一般，表情兴奋地注视着信代。善恶判断的价值观偏离社会轨道，这一点信代也没有什么不同，不过，阿治更像脱缰的野马，受人一唆使便会去偷盗、诈骗，他不会有半点犹豫。确切地说，干坏事时他是最享受和活力四射的。

"他不这么想不就糟糕啦！"

"话是这么说……"

"怎么？想要……孩子？"

阿治将视线从追问的信代身上移开，看着水泥地。

"没有……有奶奶、亚纪，还有祥太。已经足够了。"

这话听上去，既像是说一家有5口人就足够了，又像是说对自己这样的男人来说人生已经足够幸福了。

是哪一种？信代想问明白，但没问。

他一定会反问"你说是哪种"，她知道这一点。

"直走？"

走到岔路口，信代问。

"那边。右拐、右拐。"

阿治想起来似的回答。转弯后，阿治走在前头为信代带路。

在昏暗的街灯照射下，住宅小区出现在眼前。

"睡着了？"

阿治问信代，他感觉趴在背上的有里有些重。

出家门后有里很快在阿治的背上熟睡了过去。

"舒服死了，还吃了3块可乐饼。"

信代喝了一口拿在手里的廉价酒。

祥太一直死守着自己的可乐饼，但最后他还是把剩下的全给有里吃了。大家也都没说什么。

"按门铃吗？"

信代问。

"不要……悄悄放在门口就溜……"

"那要冻死的。"

"那……悄悄放下，按一下门铃就跑？"

"又不是圣诞老人。"

阿治做事没有一点儿计划性，信代无奈地笑道。把有里送走后再泡一次澡，信代听着回响在冬夜里的脚步声这么想着。

此时，两人听到了他们的正前方传来玻璃砸碎的短促的声响。

"浑蛋，都是你没有看好她！"

"之前她一直在那里玩着。"

"是你带男人回家了吧！"

两人不由自主地停下脚步。

男女对骂的声音，的确是从之前有里坐在那里的门后传出来的。

"我去看一下。"

阿治将背在身后的有里交给信代,蹑手蹑脚地向那家的门前靠近。

"那小东西,还不知道是谁的种!"

传来男人殴打女人的沉闷动静。

"快住手,痛死了!"

信代不由得抱紧有里。从衣服外面也能感觉到有里的身体十分瘦弱。可是信代感觉到的重量,远远超过有里的实际体重。

"我也不是自己想把她生下来的。"

听到女人的说话声,信代好像脚下被黏住了似的,一步无法动弹。这样的话她不记得听过多少遍。信代的母亲只要一喝酒,便在年幼的信代身上出气,说这种话。

"现在还不会被发现。"

阿治一点都没觉察那对夫妇吵架的原因来自自己轻率的"诱拐"。他想着现在是最好的时机,回到信代身边,想伸手接过有里,信代拒绝着直接蹲了下来。

听着从远处传来的女人号啕大哭的声音,信代的内心也在号叫。

"我怎么能把这孩子还给你们。"

信代用力抱紧有里,唯恐被阿治夺走。这一力气并非出自对眼前的孩子的爱,而是来自对涌上心头的过往的恨。

第二章

面筋

おふ

"冷死啦。怎么搞的，尿床啦！"

祥太比平时醒得早，他被阿治的嚷嚷声吵醒了。

他把壁橱门拉开一半，昨天应该被阿治和信代送回去的有里呆呆地站在那儿。把有里又带回家的信代，昨晚没给有里脱衣服就让她睡在了自己和阿治中间。有里就在那里尿了床。

信代把叠好的被子粗鲁地推到屋子的一角。

"对不起呢？"

有里和信代的目光撞在一起，大概觉得自己要挨打了，身体僵硬地站在那儿，闭上了眼睛。

"对不起……对不起……对不起……"

"行啦。烦死了。"

看着有里瘦小的肩膀，信代心里已经贴上封条的门开始发出"咔嗒咔嗒"的声音。明知责备也于事无补了，说话还是不由自主地粗暴起来。她也是在生自己一时冲动将有里带回家的气。她对自己还在犹豫不定感到不安。

"昨天送回去了不就好啦……"

阿治又说起了不负责任的话。

"也许吧……"

信代从壁橱中取出祥太穿旧的卫衣裤。

"那是我的！"

祥太不满地说，他还躺着。

"你都不穿了呀。"

信代不再搭理祥太。她一把抓住有里的胸口，拉到自己跟前，脱下她弄湿的衣服，扔到屋子的一角。

"看见皮带了吗……我的……"

阿治将工装裤拉到一半，刚才起就在起居室里转来转去。

今天十分难得接到了日工的活儿，他要去工地。但从醒来的那一刻起，他就在想方设法找不去工地的理由。信代很清楚这一点，不管阿治说什么都不理会。

"还是不去了吧……今天太冷了……"

来了来了，意料之中。

"帮我发个短信吧……就说我感冒了……"

还要让我帮他发短信，这个没出息的男人。信代捡起脚下的黑皮带，头也不回地扔给阿治。祥太的卫衣穿在有里身上有点大，但总比光着身子强，信代想。

"奶奶，他要出门啦！"

信代说，她用眼角确认了总算系好皮带的阿治。

"知道啦……"

在厨房里烧水的初枝应道。她开始把茶叶装进"魔法瓶[1]"。祥太不明白这个瓶子有什么魔法，但初枝一直这么称呼它。

信代推着磨磨蹭蹭的阿治的后背走向玄关，送他出门。

"把那个扔了，那个那个。"

---

1 即保温杯。日语的老式称呼。——译注

放在玄关水泥地上的垃圾袋里，装的几乎都是发泡酒的空罐。

"大哥……给你这个……"

阿治从初枝手里接过银色的"魔法瓶"，开始穿鞋。"痛！"他突然惨叫一声，向鞋子里张望。

又是什么花招？

皮带之后是天气，天气之后是鞋子吗？

信代忍受不了玄关冰冷的木地板，脚趾快要冻僵了。她想尽快跑回起居室，可此刻一松懈，这个男人便会脱下鞋子跑回屋子。

"有指甲啊！"

阿治流露出一脸"已经无语"的厌恶表情，用大拇指和食指从鞋底里夹出指甲，高高举到两人跟前。

阿治脸上分明写着不吉利，但初枝只是淡淡回应了声"哦，是指甲啊"。

阿治终于死心了，把指甲扔在玄关的地上，按照信代的吩咐提起垃圾袋走出了玄关。

2月清晨刚过6点的天空，称作清晨还是过于昏暗了。

空气也冷得似乎嘴里呼出的气息都会被冻住。

阿治打开移门，穿过单侧是一排青铁皮的十来米长的狭窄通道，走进了不见人影的小巷。

附近传来狗叫声，这条狗每次必定冲着阿治狂吠。阿治想，自己没见过那条狗，狗也肯定没见过自己，它为什么对自己狂吠不止呢？

阿治"切"地咂了一下嘴。

电线杆下放着一只收垃圾的蓝色网兜。阿治看了一下标志，今天是扔可燃垃圾的日子。他手里提着装有空罐头瓶的垃圾袋，稍微迟疑了一下。"不管那么多了。"他出声嘀咕道，用力将垃圾袋扔到网兜里，随即向车站走去。一大早，电车经过时的轰鸣声比平时听到的更加震耳欲聋。

指定的集合地点就在站前出租车上车点侧面的吸烟处。集合时间6点半刚过，便来了一辆可以坐10人的大篷车，载上聚集在此的国际色彩浓郁的男人们跑了起来。

最后上车的阿治只能坐在班长神保旁边。这个只有二十多岁的男子，短发，鼻子下留着胡子。他总是皱着眉头，阿治从未见过他的笑容。这会儿，他咂巴着嘴，正用手机给公司打电话，汇报没有按时出勤的自己手下的情况。

"嗯……不是，是手机短信，说不干了。反正来了也派不上用场。下次见了肯定要揍他一顿。"

原本打算用手机短信请假的阿治，像戴着能面一样面无表情，喝了一口倒在保温杯盖子里的茶水。

抵达工地后，先是开晨会，做令人毫无兴致的广播体操，随后，阿治和20个左右的工人一起乘上电梯。电梯里放着经过八音盒重新编曲的《还有明天》的音乐。"哐当哐当"往上升的电梯，虽然有铁格子的外壳，但也没有身处室内的感觉。对于有点恐高症的阿治来说，几乎和在露天没有区别。

"还有明天"，大概是为了消除这种恐高症和"哐当哐当"

的声音特意放的吧，阿治想。

　　差不多过了6楼，阳光照进电梯。周围的建筑物全都在视线中消失了，阿治的两腿变得更加软绵绵的。

　　今天的现场是在10层楼住宅的最高层。阿治的主要工作是干杂活儿——打扫场地、搬运脚手架等，用来保障建筑工人的工作顺利进行。即便干的只是这种活儿，当他和祥太一起走在街上望见自己干活儿工地上的建筑物时，也会十分自豪地说：

　　"那就是老爸建的。"

　　"欸，好厉害！"

　　祥太的眼睛都亮了。

　　孩子用崇拜的眼光注视目己，哪怕是假的，阿治心里也高兴。

　　交代给阿治的工作是用扫帚清扫垃圾、把废料扔进垃圾箱，这些活儿不需要任何技能和经验。对阿治这种脑子不灵活的人来说，从早到晚难免会被人训斥，但只要能忍，一天下来就可以拿到8000日元的工资。

　　现在阿治又被班长神保在屁股上踢了一脚："你挡着路啦，

闪一边儿去。"被吼的阿治压根没觉得自己有什么错。他离开现场,开始在正在施工的高层住宅中闲逛起来。预计今年秋天完工的这栋高层住宅楼,总共120户房源,好像已经全部售罄。

即使还没有装门,阿治也能一眼看出这里是玄关,这里是厨房,那里是阳台,这个窟窿应该是水池或洗手间。阿治边走边想象完成后的样子,感觉很快活,忘记了现在是工作时间。越往下走,房子的模样在脑子里变得越清晰。

6楼的屋子里,还有一间像电话亭那么大的房间。"我回来啦!"阿治喊道。他走过去推门张望,原来是间浴室。那里放着一个纯白色的长条形浴缸,外面还包着塑料包装纸。

"祥太,洗澡啦。一起洗吧?"

阿治说着,穿着鞋跨进了浴缸,坐下。如果被神保发现,少不了挨一顿臭骂,不过此刻他在10楼呢,不可能来这里。阿治高中退学后辗转各地,住的公寓全都是旧房子,从来没有在全新的浴缸里洗过澡。

他坐在浴缸里,仰视着头上才浇灌好的混凝土天花板,想象自己是否有一天也会和家人一起生活在这样的高层住宅楼里。

阿治和信代每月都要去一两次开在屋后小巷里的酒馆——"乐趣"喝酒。

酒馆很小,只有3张桌子加上吧台前的6个座位。年过70的妈妈桑一人忙活着,生意好的时候,住在附近的女儿也会来帮忙,做些炒面、炒饭。上周,祥太和初枝睡下后,两人又从家里溜出来喝酒。

这天信代叫阿治一起出来喝酒。阿治寻思,她工作上遇到什么不愉快的事了吧。

"你说……把现在的房子拆了,能不能盖高层?"

说到这个话题,信代每每露出一脸狡猾的表情,而且总是带着兴奋。

"说什么蠢话,老太婆绝对不会答应的。"

阿治说着,又要了一杯加梅子的烧酒。

"不愿意的话,就告诉她我们搬出去啊!"

"难保她不会说,请吧,请搬出去吧。别胡说八道。"

"盖个高层……我们住最高那一层,用收来的租金过日子,怎么样?"

"主意倒是不坏……"

酒馆墙上挂的镜框里,是过去从酒馆楼顶拍的隅田川烟花大会的照片。经过日晒,照片上烟花已经褪色,看不出原来是什么色彩。现在,站在酒馆的楼顶上,除了隔壁高层建筑的墙壁外,什么都看不见。

"盖一栋这一带最高的楼……在上面鄙视下面那些家伙……隅田川的烟花,在阳台上就能看得清清楚楚。特等席位。"

阿治眯着眼睛,脑子里想象着烟花飞上天的情形。

"我在做梦吧?"

信代说。

"是在做梦。"

阿治回答。

反正实现不了。对于这一点,两人早就心知肚明。

不过，这样过过嘴瘾，也不会有人说三道四。用两杯加了梅子的烧酒的价格就能买到的梦想，便宜。

这天，喝到酒馆关门，在妈妈桑和女儿的目送下，两人步履跟跄地回到家里。

阿治的手放在信代肩上，身体重量压了上来。

"起开……好好走路。"

"蠢货，你不是我的拐杖吗？"

"我不会为你推轮椅的。"

"明白着呢。"

这就是夫妻感情吗？阿治寻思，他将放在信代肩膀上的手绕到她的腰部。如果真是那样的话，夫妻关系可真不赖啊，阿治越发感慨起来。

把阿治送出门后，信代准备好早餐，将有里尿湿的被褥晾到院子里。

8点半，信代骑车出门，去附近的洗衣店上班。

43

骑上大马路，信代必定先要左右确认一下。

她不想让人知道自己住在这里。

没问题，没人关心我们这些人，信代对自己说。她用力在自行车的脚踏板上踩了下去。

信代上班的"越路洗衣厂"有3家连锁店，在这一带是老字号。门店收下来的衣物集中送到这里后，进行分类作业，或洗或熨烫。

"直到上一代，去污也全都是在这里完成的，现在这种手艺人都没了。"

每当有客人上门时，社长总是这么辩解道，笑容中掺杂着遗憾的表情。

除了社长——他的职位是从上两代人手里继承下来的，和管财务的社长夫人之外，洗衣厂一共有30名员工，包括临时工。其中四成是来自菲律宾和泰国的打工者。信代已经在这里干了5年，算是老员工了。

按颜色、布料的种类，将从门店运来的大袋子里的服装分类，也是信代等人的工作。这种工作，要对衣服的口袋进行检查，也时常能翻出一些零钱、发票、信用卡等物件。有一次有人将口袋上插着钢笔的西服扔进洗衣机，白衬衣被墨水染成了蓝衬衣，不得不赔偿。按规矩，洗衣房需要保管顾客遗忘的物品，如果知道是哪个客人的话，则必须还给客人。可是信代遇到值钱的东西，会偷偷装进自己的口袋。

她也不是完全没有罪恶感。"是忘记东西的人不好。"信代这样为自己辩解。我不是偷的，是捡的。

今天她也在西服上衣的内口袋里发现了一只镶着橙色钻石的领带扣，确认了社长不在附近后，她将领带扣装进了工作服的口袋。

同样干着分拣服装活儿的根岸，站在和信代相隔两只塑料筐的位置，眼尖地看到了信代的举动，朝她露出了坏笑。

信代也冲根岸笑了一下，似乎在告诉对方"别少见多怪"。

熨烫是个艰苦的活儿。

车间里到处冒着蒸汽，像桑拿房一样闷热。即便是冬天，穿着短袖的开领工作服也会汗流浃背。和闷热一样恼人的还有烫伤。虽说信代已经是熟练的老员工了，但一不小心还是会触碰到熨斗或熨烫台。每月每周都会发生烫伤的事，她的两只手臂和手指尖上，肤色深浅不一的伤痕从来没有消失过。

午饭，只要事先向工厂预定，花480日元就能吃到外卖送来的便当。不过，更多时候，信代在便利店买杯面或饭团当午饭。从每小时800日元的工资中扣掉480日元实在心疼，而且便当也不好吃。早早吃完午饭，去工厂外面的自行车停车场的吸烟处和同龄的同事闲聊，这对信代来说是唯一的乐趣。

今天工厂前的马路上聚了不少人，十分热闹。去年因为结婚辞掉工作的原同事追田抱着孩子来看社长。从信代等人的角度来看，因为追田嫁给了年龄比自己小的大学毕业生，所以她背叛了大家，是令人作呕的"人生赢家"。

"以后要天天防着臭男人了，当爹的得操心死啦⋯⋯"

"他说了不让这孩子出门，绝对谁都不嫁。"

追田把社长的玩笑话当真，开心嚷嚷着。

"我小儿子刚上初二⋯⋯配不上吧？开洗衣厂的。"

"哪有这回事嘛！"

对这种露骨的打情骂俏十分不屑的信代几个，站在远处看着那些人围着孩子开心地说笑，相互对视了一下。

"不好。那孩子不像爹又不像妈，那女人整过容？"

信代模仿孩子的表情，那张脸的确不敢恭维。

"也不知道是谁的种。"

"辞职前她不是干过应召女郎吗……"

"好像瞒掉了呢……听说在床上故意装得笨手笨脚的。"

"真能装啊……"

对别人的幸福生活说三道四，不负责任地说些有的没的，这让她们觉得出了口恶气。信代等人高声笑了起来。

"信酱，今早多亏你帮忙。"

和信代关系最好的根岸在自动售货机上买了罐装咖啡，递到信代手上。

"别见外，彼此彼此。"

信代接过咖啡，没喝，用来暖手。

根岸早上要去保育园送孩子，手忙脚乱地就过了出勤时间，信代替她打的卡。

"怎么样了？发烧？"

"腮腺炎啊，腮腺炎。流行性的，保育园传染的……"

根岸有两个儿子，一个4岁的和一个2岁的，丈夫还在找工作。"都是没男人疼的苦命女人。"两人经常这样互相安慰。

"你也是，腮腺炎？"

信代摸了一下根岸的脸，讥笑她是圆脸。

"什么呀……我才不是。"

"不好，别传染给我……"

大家提起屁股下的圆凳子挪了一下，装出要从根岸身边逃走的样子。

信代上班出门了，亚纪化完妆后不知什么时候也出门了。

祥太整个上午几乎都待在壁橱里看旧教科书。初枝和亚纪当作卧室的佛堂后面，有一间现在已经变成储藏室的儿童房间。

墙上贴着身穿学生服、手里拿着悠悠球的偶像的招贴画，还有外出旅行买回来的褪了色的三角旗。

这个房间的写字台后面的壁橱里，放着用尼龙绳捆成十字形的小学教科书，还有练习书法的用具。姓名栏里是孩子写的字"柴田治"。应该是阿治小时候用过的东西，祥太想。他按顺序从1年级的书开始读起，现在已经读到4年级的书了。

有里大概就要在这个家里过下去了吧？祥太对现在的生活很满足，所以有些担心家里突然多出一个人来，生活可能发生变化。

有里穿着祥太的卫衣和运动裤，早晨起一直躺在矮脚桌旁边。她什么也不吃，什么也不喝，只是蒙头睡觉。祥太想确认有里是不是还在呼吸，但又不忍心把她弄醒，所以决定不去管她。

刚过中午，一直未露面的初枝从梳妆台的抽屉里取出曼秀雷敦软膏，坐到有里身边，轻手轻脚地摇了几下趴在榻榻米上睡觉的有里。有里轻轻坐起来，初枝什么都没说，开始在有里的手臂和肚子上涂曼秀雷敦。她嘴上像念咒语似的不停念叨："痛痛鬼滚蛋，痛痛鬼滚蛋！"曼秀雷敦软膏刺鼻的气味飘进了祥太待着的壁橱里。

"打扰了。"院子那头忽然传来男人的声音。初枝的手停了下来，手指上还沾着药膏。

"我是民生委员米山。奶奶在家吗？"

他应该站在门外，初枝想。男人又高喊起来。

初枝用眼神示意祥太带着有里从厨房的侧门出去，她嘴上应道"来了，来了"，起身向套廊走去。祥太只好用手势示意有里"跟我来"，带着她走向厨房。

确认了两个孩子进了厨房后，初枝打开正对着起居室套廊的玻璃门，正好可以露出一张脸。

"奶奶，我是米山，民生委员。"

向院子里张望的中年男子看见初枝，打开门走了进来。

"我去开门。你走那边，那边。"

初枝让米山去玄关一侧。

大概好几个月没有打扫了吧，米山想。看着落满灰尘的玄关，他犹豫是不是该坐下。他从黑夹克衫的口袋里掏出手帕，铺在地板上，以防弄脏西装裤。

"金子老奶奶结果还是搬到公寓里啦……她有3个儿子呢。"

米山冲着正在厨房泡茶的初枝开口道。金子比初枝还大3岁，两人过去有段时间关系不错，经常相互串门。好像后来崴了脚，又突然患上了老年痴呆，家里人不再让她出门。

"难怪最近见不到她。"

厨房传来初枝的说话声。

"初枝奶奶，您和儿子也好好商量商量吧。是住在博多吧？"

初枝端着木质的托盘走到玄关，托盘上放着一只茶杯。"哎哟。"初枝嘴上重重哼了一声，一屁股坐了下来，把茶杯放在米山面前。

米山端起茶杯，忽然发现杯口上有一大块脏东西，又把茶杯放回托盘，一口没喝。看看米山的模样，初枝露着牙床坏笑了起来。

"又是哪个开发商派你来的吧？"

"不是不是。我担心您老人家一个人生活太不方便。"

"你什么时候变成菩萨心肠啦？"

"别骂我了……我早就不干征地强拆的事儿啦！"

泡沫经济时期那会儿，米山凭着一张伶牙俐齿，赶走了一大批过去就住在这一带的老人，为建设高楼大厦出了一把力。因为拆迁，生活变得不幸的人大概远远超过变得幸福的人。

"把我们赶走，你能拿到多少好处？"

初枝又抿嘴笑了起来，用没有牙齿的牙床啃了一口拿在手里的橙子。

穿着大人拖鞋从厨房侧门走出去的祥太和有里，绕过房子的北侧，从后门走到了高层住宅楼对面的停车场。有里跟在祥太身后，边走边闻初枝给她涂的曼秀雷敦的气味。

"那个奶奶，以为曼秀雷敦什么都能治好……"

大概有过相同的经历，祥太的语气好像很无奈。

祥太家的周围建起了大量高层住宅，原先住在这里的老邻居几乎都不见了踪影。

因此,祥太他们几个一起生活在这个家里并没有引起别人的注意。

祥太没有要去的地方,便沿着河边的人行道漫无目的地走着,有里紧跟在他身后。

祥太捡起扔在草丛里的自行车脚踏板。"瞧这。"他拿给有里看。

有里没什么反应。祥太用手除掉脚踏板上的土,下面露出了银色。

脚踏板已经有些生锈了,不过,用锉刀锉一锉的话还会变得锃亮,祥太想。他将脚踏板放进派克服的口袋里。

两个身背双肩书包的男孩儿迎面走来,各自手里抱着一个大概是手工课上做的很大的模型。

"不会在家里学习的人才去学校。"

望着擦肩而过的两个小学生的背影,祥太把阿治告诉他的话重复了一遍。他从来没想过上学的事情。即使不去那种地方,自己现在也跟着阿治在学习"工作",他觉得自己已经是一个够格的大人了。学校,是那些还没有成为够格大人的家伙去的地方。

不过,祥太还是很在意有里看自己的眼光。为了让她明白自己和那些"孩子"不一样,祥太决定去"大和屋"。

"大和屋"是眼下已经过时了的卖粗点的店铺,还能偶尔在住宅区里见到。有时阿治接到施工现场的日工没空时,祥太便来这家点心铺"工作"。在这里他一个人也能完成任务。

"摆在店里的东西还不属于任何人。"

阿治津津有味地吃着偷来的杯面告诉祥太。祥太也这么深信不疑。

乘着怀旧的东风,昭和时代的粗点经过改头换面,又重新受到大人们的关注,而"大和屋"却是真正意义上保留着昭和传统风味的粗点店铺。店铺的木质货架上摆着卫生纸、洗发水、牙刷等日用品。还有一个用餐角,刚好有个老人在用店里配置的热水壶往炒面杯里倒完热水,双手小心翼翼地捧着杯面走到餐桌前。这对嫌在家里烧水麻烦的过着独居生活的人来说十分便利。

祥太走进店铺,用手势示意有里"看好了",自己一脸即刻就要上场比赛的运动员的表情,站在货架前,等待那个时机出现。店铺门口,安置着一面防小偷的镜子。

镜子中能看到这家店的店主——山户老头的身影。老头习惯坐在比店门口高出一截的房间里边喝茶边琢磨棋谱,只有在顾客买东西时,他才从那里面下来。老头几乎不抬头,这对祥太的"工作"来说是再理想不过的了。当然,店里也没有装防盗摄像头。

不过,最好的机会还是要等到老头走出房间的那一刻。

祥太没想到这个时机很快就来了。正巧有个和店主差不多年龄的老头进门来了,冲着店主叫道:"喂,给我来包烟。"

听到分不清是"喂"还是"哎"的喊声后,店主慢吞吞起身,下到店堂里。店主身上散发着和初枝身上一样的橱柜里面才有的樟脑味。他从祥太身边经过,走到原先那里大概才是店堂正面的货架前,取出牌子叫"若叶"的廉价香烟,放到柜台上。这样一来,祥太所处的位置完全成了死角。老头应该是个常客,两人你一句我一句"今天好冷""冻死人了"开始聊起天来。

祥太迅速做完已经形成习惯的手势，抓起一只点心装进口袋，从有里面前经过，又在后面的货架上拿起洗发水，径直走出店铺。店主还在和顾客聊着明天的天气。有里一直站在店堂里，似乎没明白眼前发生的一切。

走出店门的祥太，将偷来的点心和洗发水分别拿在两只手里，得意扬扬地望着有里，脖子扬得高高的。

虽然对没有任何反应的有里有些失望，祥太还是用眼神示意有里"快出来"，自己先迈起了步子。

有里边偷觑着店主的脸，边走出店门追赶祥太。

两人向河边的停车场走去。这里虽然也叫停车场，但不是按时间收费的那种场地，只是为跑长途的卡车司机夜里停车假寐提供的一块空地。人行道一侧的护城河前，扔着一大堆废弃的电视机和自行车等大型垃圾。垃圾堆边上，还扔着一辆没有轮胎和灯泡的废车。

车窗的玻璃几乎全都碎了。祥太把这里当作自己的地盘。他在打碎的玻璃窗上用黏胶带糊上硬纸板，不让风吹进来。

后风窗上由于贴着玻璃膜，当太阳光照进来时，车厢内各处反射着海底般的蓝光，十分耀眼。

祥太坐在玻璃膜窗前的后座上，用混凝土砖块用力摩擦刚才捡到的自行车脚踏板。有里在一旁看着。

信代给她穿的祥太的工衣还很宽松，袖子太长，有里从刚才起就老往上卷袖管，涂着曼秀雷敦软膏的两只手臂上的疤痕每次都会跳到祥太的眼里。

"怎么啦，那里？"

祥太停下擦脚踏板的手，问道。

"摔的。"

有里还是重复着昨天的解释。

"是烫伤的吧？"

"……"

有里默不作声地低下头。

"谁烫的？妈妈？"

之前一直低着头的有里，听到祥太这么问才抬起头来。

"妈妈对我挺好的，还给我买衣服。"

有里眼睛直视祥太，反驳道。究竟是因为无论受到多么残忍的对待都不愿意对别人说自己妈妈的坏话，还是不愿承认自己没有被疼爱，祥太不清楚。他只知道，维护伤害自己的人，是无法坚强地生活下去的。

将残酷的事实也告诉眼前这个女孩，不是自己的责任吗？祥太这样想。

太阳西下了，肚子也饿了起来。祥太和有里出了小车往家走。祥太想，有里如果直接回自己家的小区也没关系。信代也绝不会为这事责怪自己，也许反而会轻松下来。可是，有里紧跟在祥太身后。

有里什么都没有说，跟着祥太回到家门口。在经过"乐趣"小酒馆时，祥太停下脚步，回过身去问有里。

"你怎么办？想回家吗？"

有里不吭声。

祥太走进一侧是青铁皮的通道。他把擦得锃亮的自行车脚踏板按在青铁皮上,青铁皮发出"咯哒、咯哒"好听的声音。祥太喜欢听这个声音。有里紧随其后。祥太感觉到了,不知为何,他一下子安心下来。

晚饭吃寿喜锅。不过,锅里尽是些白菜和魔芋,肉也不是牛肉,而是猪身上的五花肉。

祥太走出壁橱去添饭。他望着锅里,没有发现肉,使劲儿用筷子搅来搅去。

亚纪在篮子里发现了祥太偷回来的洗发水,拿在手里。

"什么呀,是梅丽特[1]啊!"

亚纪的语气有些不满。

"大和屋只有梅丽特一种呀。"

---

1 洗发水的牌子。——译注

"我不太喜欢梅丽特的香味。"

"别那么讲究。"

信代语气严厉地制止了亚纪的埋怨。对于以母亲自居对待全家人的信代,亚纪有时很不服气。

"我想来想去,都觉得是诱拐啊。"

亚纪生气的矛头一转,目光尖锐地投向信代,并用下巴指了指坐在角落里吃炸薯片的有里。

"错了……我们又没绑架她,也没要求赎金。"

信代说道,她没看有里。

"问题不在这里吧?"

"还没人报警吗……寻人?"

初枝将肉放在锅里"咻——咻——"涮了涮,放进盘子里,魔芋和豆腐她好像都是直接吞到肚子里去的。看在眼里会觉得很恶心,祥太尽量不去看初枝放在盘子里的肉。

"人家没准觉得很清静呢,现在。"

活该!自作自受!信代流露出对有里父母露骨的敌意。

"只有白菜……"

祥太死心了,端起装满白菜的盘子回到壁橱里。

"白菜对身体好啊。肉汁都渗进去了。"

狠狠心买了肉回家还要遭埋怨,负责料理的信代愤懑道。

"今天那么晚……"

初枝看了一下钟嘀咕道。平时这个时间阿治应该回家了。

"肯定去干这个了,不会错的……"

信代做了个玩柏青哥[1]的手势。

"留点肉出来?"

"不用了……吃完吧……"

信代把盒子里剩下的一点点肉都倒进了锅里,把魔芋放进自己的盘子。

"面筋我够了。"

信代一说"面筋",有里马上抬起头来。

---

[1] 日本的一种弹子机游戏。——译注

亚纪第一个注意到，对信代使了下眼色。信代回头看有里。

"嗯？喜欢吃面筋？"

信代问道。有里点了点头。有里来这个家里还是第一次清楚地表达自己的意思。

"过来过来。"初枝用筷子示意有里。有里走到饭桌前。亚纪用筷子夹起面筋，放了一块到初枝的盘子里。初枝噘起嘴，唇边起了一大堆皱纹。她"呼——呼——"地吹了几口气让面筋冷下来，随后将已经入味后变成茶色的面筋送进有里嘴里。全家的视线都落在有里身上。

"好吃吗？"

初枝替大家问。

嘴里嚼着面筋，有里用力点了点头。

"吃过面筋吗？"

信代问。

"嗯。"

"和谁吃的？"

"奶奶。"

有里看着信代说。

这孩子一定不是生下来就被母亲虐待的,应该也有幸福的回忆。大家觉察到了这一点,心里也好受了些。

亚纪又夹起一块面筋放到盘子里。

"别吃得太饱,夜里又会那样。"

信代担心有里尿床。

"那就跟奶奶睡吧。"

初枝很少见地用嗲嗲的语气说。

"不行,那里是我睡的!"

亚纪来这个家里以后一直和初枝盖一床被。和祥太的壁橱一样,亚纪也把奶奶的被窝、可以闻到被窝气味的那个空间当作自己在这个家里的地盘。不管有里有多么可怜,她也不想把好不容易占到的地盘拱手相让。

初枝伸手从电视机边上的托盘里取过食盐瓶,打开瓶盖,在有里的手掌心里敲了几下,倒出盐来。

"你舔一下试试。"

"什么？盐？"

信代吃惊地看着初枝。

"对尿床很有效呢。过去，大家都是这么治好的。"

"乱说。"

信代说着看了一下亚纪。

有里舔了一下倒在手掌里的食盐，皱起了眉头。这个表情让3个女人的表情都放松下来了。好久没这样了。有里来家里以后还没见她笑过，消失的情感似乎一点点地回到了她身上。

"啊，回来了！"

从刚才起就在注意观察外面动静的祥太站起来，向套廊上跑去。外面好像有关车门的声音。

"是出租车吧？"

亚纪说着，看着信代。

"我要杀了他……"

信代嘟哝道。打了一天日工挣到钱了,一定是喝了酒,胆子也变大了。

祥太打开玻璃门,站在套廊上向外张望,阿治搭着一个男人的肩膀正走进来。狗在狂吠。起初以为他喝醉了,但又不像。

街灯下,一瞬,祥太看到了白颜色的拐杖。

"他受伤了。拄着拐。"

祥太回头对着屋子里高声道。随着巨大的响声,门打开了,阿治勾着班长神保的肩膀走了进来。来到套廊上的初枝,立刻料到出事了,她用目光示意信伫把有里藏到壁橱里。

"这是怎么了……"初枝开口问两人。

"作业时从上面……"

神保说话时的温和语调和他那张神情可怕的脸十分不相称。是摔倒了吗?阿治的工作服上都是泥。

"啊——啊——啊——"

初枝见阿治这副模样无语地叫道。

阿治也不想让神保进屋,所以一直在重复"可以了,可以了"。

神保以为阿治客气，或许他心里还有着负疚感，觉得部下受伤自己也有责任，所以他边说"送到里面"边脱下了鞋子。

到了这一地步也不能硬生生地赶走他，那样反而会引起他的怀疑。信代几个立刻改变了策略。

"……往这儿……被子……扶到里面。"

初枝将两个男人引到佛堂。

"骨折了？"

信代藏好有里，折回来后问道。

"裂了……裂了……马上就成这样了。"

阿治张开左手给信代看。

祥太手里拿着在套廊上接过的拐杖，站在远处观望发生的一切。

"祥太别到处乱扔啊。亚纪……给客人泡茶……"

亚纪打开佛堂的灯，转身去厨房泡茶。

"一大早我就有不祥的预感。都是你逼我去的。"

阿治冲着信代说着事已至此多说也无用的话。信代明知这只是阿治在撒娇而已，想着他也怪可怜的，所以没有反驳。刚才发疯似的狂吠的狗，等阿治一进屋立马安静了下来。

"摔成这样，一个月都干不了活了。"

让阿治在被窝里躺下后，信代低头看着他说道。比起担心他的身体，信代更担心他没法外出挣钱了。

"说是工伤保险会下来的……日工也一样……是吧？"

阿治用求助的目光看着神保。

"嗯……应该会……"

神保移开视线，含糊其词地回答。

"真的？那还不如断了，比骨裂更好。"

信代受了"工伤保险"这个词的刺激，不合时宜地开心嚷了起来。

"你还有心情开玩笑，我差点摔死！"

信代听了阿治夸张的说法又差点笑出声来。少不了是因为开小差从楼梯上掉下来的吧，她想。

亚纪将茶水放到神保跟前，点头打招呼。

"好可爱啊。"

神保的视线追随着返回起居室的亚纪。

"哦……我老婆的妹妹。"

"同父异母。"

初枝赶紧解释道。

"这是我老妈。"

此时,壁橱里面发出很大的声音。是有里。信代跑到发出声音的壁橱前,用身体挡住。

初枝为了转移神保注意力,摸了一下他厚实的胸脯。

"小哥,身体真结实啊……平时运动吗?"

"上高中前玩过篮球。"

突然被素不相识的老太婆摸了一下,神保身体僵住了。

"欸……是这样吗?"

初枝听错了,做了一个扣排球的手势。

由于太想装出"一大家"的样子,每个人都不由自主地变得情绪亢奋起来,但谁都没有意识到。

"你有家人啊？我一直以为你一个人呢。"

神保对躺在被窝里的阿治说。

"啊啊，别人都这么说……"

"小子，快过来，老爸工作上的大领导。"

初枝对祥太招招手。

祥太手里拿着拐杖走过来，坐在初枝边上。

"这是长子祥太。"

阿治躺着手指祥太。

"叔叔好。"

祥太轻轻鞠了一躬。

"哪年出生的？"

"……4年。"

神保这么一问，祥太马上撒了个谎，机灵得让人意想不到这是个10岁的孩子。

"和我儿子同年。"

神保第一次露出笑容。

有里听着外面的动静,将移门打开一条缝向外张望。信代发现后立刻反手重重关上了门。

有里在这个家里已经生活了一个多月。

信代每天都十分关注电视和报纸上的消息,好像并没有孩子失踪之类的新闻。虽然她叮嘱初枝和祥太尽量不要让她出门,但完全把她关在家里,也就失去了特意把她留在这里生活的意义。

一旦被人发现,那就到时候再说,就说是为了保护她,信代想。如果真到了那一天,一家人少不了遭受世人的指责。

不过,遗弃有里的父母也难逃罪责。对于信代来说,这是自己对30年前所受的暴虐的复仇。

阿治受伤后,祥太便一个人外出"工作"。"新鲜组"比较难出手,他便把目标放在相对较小、工作人员也比较少的店名为"堺屋"的超市。

今天祥太带有里去超市,打算让她见识自己的"工作"。

出了超市,祥太背着很重的双肩包犹如逃跑似的一阵狂跑。

有里也跟在祥太的身后跑。

穿过商店街，拐到一条小马路上，两人在混凝土的石块上并排坐下。祥太从双肩包里一件件取出今天的战利品给有里看，每取一件，他的眼神好像都在问："看，怎么样？"

"我很快会教你。"

有里轻轻点了下头。祥太感到有里看自己的眼神里似乎有了崇拜的意思，心里十分高兴。

尽管不是阿治告诉自己要这么做，但祥太觉得，在这个家中自己应该承担起师父的责任，教会有里"工作"。

"这个，是你喜欢的吧？"

祥太从双肩包里取出刚刚偷来的面筋给有里看。有里点点头。这就是奶奶给自己吃过的面筋。

"你奶奶很疼你吗？"

祥太问。祥太自己完全没有生活在这个家里之前的记忆。不管是爸爸还是妈妈，更不用说奶奶了，一点儿都不记得。

因此，那天听有里说"我奶奶"三个字时，心里多少有些羡慕。

"和奶奶一起住吗？"

祥太又问。

"她在天堂里。"

有里点着头，答道。

可能是奶奶死了以后有里的人生也发生变化了吧，祥太想。

不过，人不能永远抓住那些幸福的记忆而不愿撒手。

祥太作为有里人生的前辈这么觉得。

"那就，赶快忘了吧。"

这是只有10岁的祥太根据自己的人生哲学说出的暖心话。

亚纪陪初枝来了银行。今天是两个月发放一次的养老金打进银行账户的日子。这一天初枝拿到手里的11万6000日元是全家生活的保障，比什么都重要。

"嗯……想想……1192……镰仓幕府[1]……"

---

[1] 日本小学生用谐音记忆历史年份的口诀，初枝用来记忆银行取款密码。——译注

站在ATM机前的初枝念叨着取款密码。

"都让别人听见了。不行，别出声。"

"没出声啊。"

"出声了。"

两人你一句我一句地斗嘴，宛如关系和睦的祖孙。

离开银行回家途中，两人去附近拜了水神。

初枝用足力气摇响大殿前的垂铃。

"摇得太响啦，奶奶！"

"响好。"

"为什么？"

"这样才能叫醒他啊。"

"叫醒谁？"

"神灵呀，神灵。"

"神灵睡着了吗？"

"是啊，你不知道？"

初枝按照正式的参拜顺序，二鞠躬、二拍手、一鞠躬，然后将手伸向放在大殿边上的神签盒,随意取出一支签,顺着石阶往下走。

"行吗,不放钱?"

亚纪边留意着周围边冲着初枝的背影喊道。

神签盒上写着:每支签 100 日元。

"有什么不行,反正没人看见。"

初枝毫无愧意地说。亚纪也学着初枝,从神签盒里取出一支签。

"一起来。"

两人边走在冬天温和的阳光照射下的神社境内,边同时打开神签。

"奶奶抽到啥?"

"……末吉。"

"我,小吉……这两个,哪个好?"

亚纪看了一眼初枝的神签。

"所等之人,现身迟。"

这次轮到初枝看亚纪的神签。

"婚姻之事,莫着急。"

两人对视了一下,想了想。

"哪个都不算太好。"

初枝说着,粗鲁地将神签揉成一团塞进上衣口袋。

"算什么吉签。"

亚纪抱怨着,挽起初枝的胳膊,两人一起迈开步子。

穿过神社,在通向神社的参拜道旁有一家名叫"角谷"的老牌甜品店,两人走了进去。

初枝过去就爱吃这家店的年糕小豆。她好像喜欢那种加了盐后不怎么甜的口味。亚纪犹豫来犹豫去,最终点了份豆沙水果凉粉。

初枝手里拿着一张长方形的小纸片,年糕小豆放在跟前。这张印着"自选项目表"字样的纸上,有名字、房间号,以及服务内容和价格。这是亚纪打工的一家风俗店里的纸。

"什么意思？夺童……"

"夺取童贞的缩写。"

"那是要做什么？"

亚纪把凉粉送进嘴里，开始向初枝解释工作内容。

"我们穿着从侧面可以看到乳房的针织连衣裙，就是这样……"

亚纪从左右两侧把自己的乳房往中间挤着，晃了几下。

"侧乳。这种现在很流行……"

初枝脸上没有愠色，反而津津有味地看着亚纪。

"嗯。3000日元，店里和我们女孩对半分。"

"不错啊，这样就能挣钱。"

初枝用筷子夹起小豆年糕中的年糕，开始用牙床"吧嗒、吧嗒"地嚼。其他人见了难免会反胃，但亚纪完全不在意。

"奶奶不也在挣钱吗……"

初枝领取的养老金是已经去世丈夫的遗族养老金。亚纪觉得从挣男人的钱这个意义上来说两件事情没有多大的区别。

"我的这个,和赔偿金差不多。"

"赔偿金?不是养老金吗?"

亚纪确认道。一瞬,初枝陷入沉思。"对……养老金。"她重复着亚纪的话。"给你。"她将嘴上舔着的年糕放到亚纪的豆沙水果凉粉上。此刻,她不想吃这块年糕了,不过,吃到现在她也不想说不喜欢。

"我懂……"

亚纪同情地说。初枝的丈夫,婚后不久便在外面有了女人,抛下初枝和儿子出走了。初枝作为单身母亲一个人抚养儿子,想必吃了不少苦。对于被男人抛弃这件事,埋藏在她心中的仇恨和痛苦无疑是最大的,亚纪想。

但是,初枝从不在亚纪他们跟前说丈夫的坏话,总是以十分怀念的口吻提起穿漂亮和服、过着富裕生活的往事。现在亚纪依然能感觉到她对丈夫的强烈不舍,这似乎让她内心的痛苦显得更加突出。

"我说……"

亚纪沉思着,初枝突然发问。

"……你为啥叫'沙香'?"

"什么?为啥?"

被初枝突如其来这么一问,亚纪有些不知所措。"沙香"是亚纪在风俗店工作时用的花名。

"不怀好意吧?"

初枝的目光从小豆年糕转移到亚纪脸上。

"和某人很像吧?"

为了掩饰,亚纪做了个鬼脸,随后笑了起来。

阿治绑着脏兮兮的石膏带,在起居室里走来走去,有里配合着他,把矮脚桌上的插座拔出来插进去,好像在做什么训练。

"好,好。就这节奏。"

说着,阿治摸了摸有里的头,在矮脚桌边上坐下。

"有里,你真聪明啊!"

听阿治这么说,有里开心地笑起来。两人击了一下手掌。

原本打算自己教有里"工作"的祥太,眼见有里被阿治夺走,便不再看两人。

训练结束后,阿治开始吃葡萄。阿治被送回来的第二个星期,神保又陪着所长来过,葡萄是他们带来的礼物。距离他们来探望已经过了10天,这些高级葡萄也过了保质期。

"今天这么晚……不去上班啦?"

阿治问信代,信代在厨房洗东西。

"说是分享工作机会。"

"什么意思?"

"付不起工资,让10个人下午去上班。"

"让大家都一点点穷下去?"

"差不多,就那意思。"

信代跑到矮脚桌前,准备把阿治盛葡萄的盘子拿到厨房里去洗。她想快点干完厨房里的活儿。

"哎,还没吃完呢!"

阿治伸手夺盘子,差一点点没够着。他依依不舍地把还剩在手中的一颗葡萄送到嘴里。

"连工伤保险都下不来。"

"真是,大家都太好说话了,损失一大笔。"

一段时间不用干活儿也能维持下来,阿治的如意算盘就这样被轻易打破了。这对信代来说也一样。

"没问题吧,那人?"

信代还在担心那天阴差阳错地让神保进了自家的门。

"他没留意咱家的事情……"

"不过,人不错……他是正式工?"

"啊……"

嫉妒的表情在阿治眼中一闪而过。

"正式工真好啊,羡慕死人了……"

信代吃着从阿治手上夺下来的葡萄,把葡萄皮吐在水池中。

祥太拿起放在厨房饭桌上贵金属一样的东西给信代看。

"你看,这是什么?"

"领带扣。送给你了。不过,是个仿制品。"

这只领带扣是信代在洗衣厂上班时顾客忘在口袋里的物品，她偷偷带回家了。

祥太兴奋地把领带扣别在衣服上，回到壁橱里。

看到祥太，有里也站起来，跟着祥太进了壁橱。

祥太打开头盔上的灯，在领带扣上照着。鹅卵石形状的橙色石头在光线下闪闪发光。

好美。即使是个仿制品也很美。有里坐在祥太身边，把脸向前凑去，看着领带扣上的光亮。

"要吗？"

祥太问有里。

"嗯。"

有里诚实地点头。

"不给你。"

就像一开始就准备好了答案一样，祥太冷冰冰地回答。这是对有里跟自己以外的人学习"工作"的报复。

"老太婆的养老金应该有 7 万吧？"

阿治说，他正用大拇指的指甲挠着从石膏带里伸出的右脚大拇指。

"7 万……也不错啊……靠着丈夫一直能拿到死呢……"

只剩下夫妻两人后，聊天马上就变得毒舌起来，这已然成了习惯。

"成天了不起的样子，好像自己挣的钱一样。还不是我在照顾她。"

"你说……"信代把脸凑到阿治跟前，表情变得更加刻薄。

"她会不会有私房钱，藏在什么地方？"

阿治一下子来了劲头，一脸"我也早就怀疑了"的表情。

"我觉得那房间很可疑。"

阿治指了指佛堂后面的儿童房间。

"下次老太婆不在家的时候找找看……"

"嘘——"

信代注意到院子里有动静，把食指放在嘴唇上。玄关响起了开门声,初枝回来了。

"您回来啦!"

信代用欢快的声音招呼道。

"我回来了。"

传来初枝的声音。

"奶奶,欢迎回家!"

阿治嗲声嗲气地说道,就像手掌朝外翻的发财猫。

"水神神社那边的池子里还结着冰呢……"

"小心点哦,脚下一滑闪着腰可不得了。"

只有此刻阿治才像个关心母亲的儿子。

"亚纪呢?"

信代问道,她开始做出门上班的准备。

"去那儿了。"

初枝模仿刚才亚纪做的动作,挤了挤胸口,晃了几下。

"哎呀,亚纪也太薄情了吧,说过让她挽着把您送回来的。"

初枝正要去佛堂,阿治伸出手来。他知道今天初枝去银行取养老金了。

"我还没那么虚弱呢。"

初枝把一包日式点心放在阿治手上,不是钱。

"什么啊,这是?"

"蒸板栗。"

初枝不再理会怄气的阿治,穿过起居室,把银行的信封供在佛龛前,敲了一下铃,合掌。

佛堂上现在还端端正正地放着抛妻弃子、离家出走的初枝丈夫的照片。

"奶奶,有里就拜托您了。随便弄点吃的。"

信代站在玄关,交代了一句便出门了。

"随便弄点……"

有点难度,初枝想。

"我说……"

阿治手里拿着蒸板栗羊羹走进佛堂,放在佛龛上。他露出讨好的笑脸,戳了一下初枝的腰。

"干吗?"

初枝揣着明白装糊涂。

"去呗。"

阿治做了个柏青哥的手势。他想用初枝的养老金当赌资。

"不行。大哥技术太差。"

初枝不搭理阿治。初枝还没傻到把钱交给明摆着只会输钱的人。

亚纪和初枝分开后径直去了锦系町。那家店就在出站后步行大约 5 分钟距离的杂居大楼的 4 楼。那是一家女孩子身穿高中生制服进行"表演"的 JK[1] 体验店。

店门口放着圆凳子,已经有两个顾客坐在那里等着下午 1 点钟开门。

亚纪默默地从两人面前经过,推门进去。一进门便是接待

1　JK:日语"女子高生"即高中女生的缩写。——译注

客人的前台,前面陈列着"典雅[1]"(Tenga)。柜台后面的墙上贴着在这里工作的女孩子们的照片,上面写着编号。其中也有身穿制服的亚纪的照片,她的编号是66号。

"早上好!"

亚纪向气色很差的店长和气打招呼。

一到店里,亚纪便马上变身为"沙香"。

"沙香酱,请假的话请告诉我一声。"

和气脸上的表情不知是温柔还是肚子痛。他的身份虽说是店长,其实不是老板,也只是个打工的。他经常笑着自嘲,营业额掉下去的话,下个月就得滚蛋。

亚纪进店门时,同事刚好都在换制服。

这里的同事,年龄从19岁到28岁,有正在上学的大学生,也有家庭主妇。23岁的亚纪在8个人中年龄排在第3位。

"同时在夜总会兼职太累了。我已经30个小时没睡了。"

---

[1] 日本著名的情趣用品。——译注

坐在跟前的女大学生晴美打了一个重重的哈欠。

晴美今年应该大四了，但她好像从来不去学校。一开始干这个工作只是为了积攒留学资金，后来却渐渐变成她的主业了。

站在前台的和气走进房间。

"爱结小姐，客人预约了两点半的聊天室。"

"耶！"

身着泳衣的爱结做了个欢呼胜利的手势。这家店纯属体验店，女孩和顾客之间隔了一块亚克力板，不能直接接触。

女孩在看不到客人的单面可视玻璃后面穿着制服表演自慰。如果客人有意愿，可以另外预约称作"聊天室"的房间，提供直接服务。房间里的行为和店里无关。自选项目中原则上有枕大腿、掏耳朵、拥抱等服务，女孩和店里对半分成。超出自选项目范围的"私下交易"，由客人和女孩自行交涉，这已经是默认的规则。也有些客人，一开始就是以"私下交易"为目的上门来的。

也有的女孩想挣更多的钱，为客人提供性服务。有的和卖淫女孩一样，先通过店外交往，然后去酒店或去客人家里提供服务。

"沙香小姐……那个投诉你穿两条内裤的客人来的话,脱掉外面一条。"

听和气一说,亚纪吐了下舌头。

"沙香,别糊弄客人。"

"不是啊,我怕冷。"

"还有晴美小姐。"

和气转身对着晴美,脸上好像写着"对不住"三个字。

"店里面禁止把手指伸进内裤。稍微注意点。被人发现的话店就要关门啦。"

和气还是那个肚子痛的表情。

"是。"晴美一点不操心地笑着应道,表情似乎在说"又没被人发现"。

"晴美太认真了。"

亚纪吐槽道。

"就你话多。"晴美顶了一句。

个性要强的晴美好像从来不愿意在客人的指名数上输给亚

纪。亚纪不太明白晴美为什么会有这种竞争意识。

和爱结、晴美等人比起来,亚纪在这个店里的工作热情不高。不直接和客人接触这一点反而让她比较安心。有那么几个是专为"沙香"来的常客,但亚纪从来没想过要和他们建立超越亚力克板的关系。

"非常感谢您经常来捧场。今天您休息吗?"

沙香微笑着问看不见脸的顾客。

"上班。溜出来的。"

客人在白板上写字回答沙香。

沙香称之为"4号客人"的常客据说是公司销售员。

"我也逃课了。"

沙香现在的身份是东京都内私立女中还在上学的高中生。

"……"

"您想看我正面?反面?"

"正面。"

"……"

"我想看着你的脸。"

她甚至连这个男人究竟多大年纪,长一张什么样的脸都不知道。

"好的,我开始了。"

沙香按下定时器,解开制服上的纽扣,露出了胸罩。接着,她撩起裙子,开始扭腰。

因"分享工作机会"而变成中午上班的信代,已经在熨烫台前站了两个小时。背后的大型裤线热压机不断向外喷着蒸汽,在那里站10分钟就已经让穿着短袖衫的信代汗流浃背了。信代没和任何人闲聊,一个人默默地熨衣。

从门店返回的社长越路从信代身边经过,做了个"上来"的手势。

有什么事呢?

觉得奇怪的信代目送越路的背影,她和根岸的目光撞在一起。根岸在相邻的另一张熨烫台前干活儿。信代用右手做了个滑稽的割脖子[1]的手势,笑了起来。

(如果是那样的话,我比你早……)

根岸也对着自己的脖子做了个刀割的手势。

(会不会偷回家的东西被发现了?)

(不可能,那家伙的嗅觉没这么灵。)

两人边熨着衣服边像表演哑剧似的聊着天。

办公室在车间2楼。8张榻榻米大小的房间里,一排灰色更衣箱靠在墙边,更衣箱的门高低不平,没法完全合上。更衣箱的旁边,社长和财务两夫妇的办公桌亲密地靠在一起。房间中央放着一张木桌子,休息时间,员工们就在那里吃便当、喝茶。

信代没去桌子边坐下,一直站在门口。

原本是越路自己叫的信代,但他却背对着她,趴在自己的

---

[1] 日本人表示解雇的手势。——译注

办公桌上吃午饭。

"舞弊……哪有?"

"嗯?说错了吗?难道没有瞒着公司吗……"

"可是美酱……根岸家里,她要送两个孩子去保育园。"

越路说的不是盗窃客人遗忘的东西,而是替根岸打考勤卡的事。

"所以呢?"

越路冷冷地反问。

"不是……那迟到1分钟小时工资就减半,不也太严厉了吗?"

公司不但单方面推出"分享工作机会"方案,减少了员工工资,还蛮横无理地制定出这样的规矩,不正当地削减小时工资,信代想不通。

"不严厉啊。我们有30个员工,每人迟到1分钟,会给别人造成多大麻烦。1分钟乘以30个人等于30分钟,所以要减半。"

越路的歪理在别的地方估计无法说得通,但在这里,他的决定就是唯一。

无法信服，但信代清楚，再待在这里也只会让自己不愉快，所以她弯腰行了礼，准备离开。

"从来没想过大家应该相互帮助吧……"

越路难听的话从背后刺向信代。打开门，半个身子已经走出去的信代顿时停下脚步，她闭上眼睛扬起头来，慢慢转过身子。

"……你说什么？"

信代的眼神和往常不同，闪着寒光。

"你没拿好处吗？有人看到啦。你还让别人买饮料谢你啊。"

越路手里拿着筷子，做出打卡的手势。信代觉得自己对朋友的好意被他的"拿好处"几个字玷污了。一定是同事告的密。假如知道是谁，绝对一拳打到他脸上，信代想。

不过，信代还是选择了忍字当先。此刻发怒和他争执的话，难免被他找到借口解雇自己。

信代这样想着，她克制住激动的情绪，走出办公室。

现在不能辞掉这里的工作。信代的脑子里浮现出了全靠她维持生计的一家老小每个人的脸。

拒绝了阿治的邀请,初枝一人来到车站前的柏青哥店。

初枝唯一的爱好就是玩柏青哥。她在耳朵里塞上从家里带来的耳塞来阻挡周围的噪声,在熟悉的"大海物语"游戏台前坐下。万事俱备。很快,1万日元便被机器吞噬到了肚子里。

初枝环视了四周片刻,看上去像在考虑移往哪个空位。坐在她邻座的顾客起身去洗手间,刹那间,她把他座椅背后上面插着"大中[1]"牌子的钢珠盒子中的一盒移到了自己的台位前。她的目光和隔了两个座位的男子撞在一起,男子把刚才的一切都看在眼里。初枝竖起食指放在嘴唇上,眉头皱了一下,随后咧嘴一笑,露出没有牙齿的牙床。

她的眼睛完全没有笑意。男子慌忙移开了视线。

---

1 已开中大奖之意。——译注

阿治被初枝甩了后，带祥太和有里来到渔具店。他并不想钓鱼。只是这家店"工作"起来比较好下手。

有里被一条章鱼外形的粉红色的拟饵吸引住了。她站在观察周围情况的祥太身边，忘记了自己假扮顾客的身份，全神贯注地晃动着钓丝，脑子思考着，水中那条章鱼为什么看上去像真的一样在游动。

"我去休息了。"

站在收银机前接待顾客的店员和同事打了招呼后走进后场。等待这一时机的祥太，看了一眼站在拟饵货架前的阿治。

阿治动作夸张地拖着受伤的右脚走近收银台。

"请教一下，我想钓海鲈鱼，栓型饵和沉水铅笔有什么不同？"

"你是要沉水铅笔吗，这儿请。"

祥太头也不回地听着身后两人的谈话。阿治把店里仅剩的一个店员引开到了店铺里面沉水铅笔的货架前。

收银机周围变得空无一人。阿治手上的拐杖发出的"咯噔、咯噔"的声响变得越来越远。阿治和店员的动静一消失,祥太便迅速起身,顺手拿起一根放在入口附近的钓鱼竿。注意力集中在章鱼身上的有里也起身了,她迟了一步。

"快!"

祥太催促有里。

祥太对难以按计划行动的有里有些生气。

有里走到门口,从插口上拔下防盗门的电源,看着祥太。这就是刚才祥太在家里看到她和阿治练习过的动作。祥太飞跑出店门。有里又把电源插回插口,也跟着祥太跑出店铺。

在停车场会合的三人,沿着河边人行道走着。对今天"工作"不满意的祥太,走在地势稍高的车道上,俯视着阿治和有里。

"今天干得不错。有里也很棒。"

有里开心地点着头,和阿治碰了一下拳头。

"我说得不错吧?那种情况不要急,关键是要耐心等到店员减少。"

阿治得意扬扬地夸着自己的计划圆满完成。

"两个人也能干。"

祥太忍不住插话。

"这种就叫……分享工作机会。"

阿治模仿信代的说法。

"什么意思……"

"大家……一起分享工作的机会。"

"这家伙碍事啊。"

祥太指着有里。

教过多少遍了,要抓住时机,差一点因为有里导致行动失败,祥太为此十分恼火。

"别这么说,她是你妹妹。"

"不是我妹妹。"

"是你妹妹。有里是你妹妹。"

祥太撇下两人跑远了。有里呆呆地望着祥太远去的背影,手里提着的章鱼拟饵,8条腿在晃动。

"你是妹妹哦。"

阿治对有里温和地说。阿治走了起来,可有里一动不动地站着。

"怎么了?走吧。"

阿治催促道,有里还是站着不动。

"不是有里的错。那小子最近叛逆期。"

有里十分顽固。

阿治哄了十多分钟才终于让有里迈开步子。

阿治决定把偷来的鱼竿暂且藏到壁橱的最里面。虽说是打折商品,但也是4根崭新的鱼竿,收获够大了。

"这个月我不干活儿也没问题了。"

阿治唱歌似的说道。

"那些值多少钱?"

信代抬头看着轻飘飘的阿治问。

"4万日元应该有的。"

"4万？"

信代吃了一惊，放下手中的筷子。她正在吃茶泡饭。

"亚纪也拿出一点来，你不也在挣钱吗？"

信代把话题引向了正坐在梳妆台前梳头的亚纪。亚纪头也不回地瞪了镜子里的信代一眼。

加上洗衣厂里发生的事，今天信代心情不太好。

"不用了，这孩子……事先都说好了的。"

初枝帮亚纪说话。

不要房租、不要生活费，初枝以这样的条件让亚纪住了进来。

"奶奶太宠她了，欠账越来越多了。"

亚纪用手势制止信代，停了片刻，忍无可忍地回过身子。

"到底是谁欠账越来越多。每个人不都在啃奶奶吗？"

"什么叫啃奶奶？"

信代看着亚纪眼中凶狠的目光，站了起来。

"能啃的你们就啃吧。"

初枝开玩笑地说，她试图缓和两人的气氛。

"没得啃,没得啃。"

阿治也附和着初枝想逗大家开心。

"行啦。我交过保险了,才不想死了没人问。"

初枝说道,手上的针线活儿一刻也没停下。她在改信代的旧内衣,打算给有里穿。

"那叫什么保险……"

阿治嘴上嘟哝着向洗面台走去。信代见自己说的话被大家拿来开玩笑,心里不太愉快,可也无计可施,只好作罢。

亚纪知道不用交生活费,表情又由阴转晴,钻进初枝的被窝。

"大家晚安。"

亚纪在被窝里将自己冰冷的脚插到初枝的两只脚中间。

"啊,奶奶的脚好暖和。"

这一瞬间,亚纪感到最幸福。

"怎么?遇到不开心的事了?"

"为什么这么问?"

"脚比平时冷啊。"

初枝经常说些迷信的话，其实她并不知道这些话是真是假。不过，今天被初枝说中了。

"奶奶什么都知道啊！"

亚纪还是很开心，自己的心思都能被奶奶猜到了。她觉得这是两个人亲密关系的证明。

初枝凝视着头枕在自己膝盖上的亚纪的脸。

"……好看，你鼻子高……"

"真的？我不喜欢……"

亚纪说着，摸了下自己的鼻子。

亚纪长着一张眼睛和鼻子线条都很分明的脸，看上去聪明伶俐。她走在大街上就像个大学生，完全没有在风俗店工作的女孩子常有的老于世故的感觉。这大概反而给男人一种无从下手的印象，所以在店里的人气始终不温不火。

"有里，睡觉前再来点盐。"

第一天尿床之后，有里有时还会尿床。信代也知道那只是迷信的说法,但她还是按初枝说的那样,让有里睡觉前舔一下食盐。

在厨房里刷牙的阿治指了指玄关。

"在干吗?"

信代拿着食盐走到玄关,有里脸朝外坐在那儿。

"怎么了?"

有里没有回答。

"坐那儿太冷了。"

信代在有里身边蹲下。

有里手里握着章鱼拟饵。

"你在担心祥太?"

这个5岁的女孩,自己不久前受着父母的虐待,而此刻却在为别人担心,这让信代十分吃惊。

她怎么会那么善良?

信代好像看外星人似的凝视着有里的侧脸。

"不是有里的错哦。"

说着,她使劲儿抓了抓自己的头发,像逃跑一样地回到厨房。

信代屏着呼吸，走到水池边上，转身望着玄关。阿治从浴室边上的洗面台走过来，嘴里含着牙刷。

　　"你说，买一份送终保险怎么样……"

　　信代被阿治想出来的无聊点子说得哭笑不得。

　　"被父母害得那么惨……她还……"

　　信代望见了坐在玄关的有里的背影。阿治马上明白了信代想说什么。

　　"是啊，她还在替别人担心呢。"

　　阿治也被有里的善良举动打动了。

　　"不得不生下来养大的孩子，不会是这样的。"

　　四目对视了一下。信代自打小时候起，母亲就是这么说的。阿治，无论在母亲那儿，还是在朋友那儿，自己这个人的存在本身，始终是遭到否定的。

　　"嗯……按常理是吧……"

　　"我做不到对别人善良。"

　　"是啊……是啊……"

阿治也是这么长大的。

"……不那样的话活不下来……"

假如有里是个性格极其扭曲的孩子，那么自己的性格和对人的恶意，也能心安理得了，信代想。

可是，有了有里这样的孩子，便不得不承认自己的缺陷，责任全在自己。可信代想把自己不幸的缘由都归结到母亲身上。

自己的这种任性，是不能被自己原谅的吗？看着眼前的有里，信代更加觉得自己是多么不幸。

我不是为了让自己意识到这一点才把她带回家的，信代想。

祥太又钻进了河边停车场上的那台破车里。每当想一个人待着时，祥太便会来到这里。

明月透过贴膜的玻璃窗照进车里，河面上经过的大船发动机发出的"嘭嘭嘭"的响声时不时地传进耳朵。祥太有时会产生一种自己待在水底里的错觉。

祥太自己也不明白为什么对有里那么愤怒。为了不再多想这件事，祥太已经用混凝土石块在捡来的铁齿轮上连续擦拭了两个多小时。

"咚咚"，有人敲车窗。祥太撩起挂在车窗上的手绢往外看，阿治站在那儿。为了看清楚里面，阿治对着车窗哈了一口气，用上衣袖子擦着。

"在呢？在呢？"

祥太默不出声。阿治绕到车身的另一侧，打开车门，坐到驾驶座上。

"冷……"

阿治双手握在方向盘上说道。

"有里担心你，一直在玄关坐着。"

祥太还在擦铁齿轮。

"讨厌有里？"

不，祥太摇着头。不讨厌。

"那……为什么？"

祥太停下手。远处传来救护车的鸣笛声。

"还是两个男人在一起开心。"

祥太从来没有说过的心里话直接对着阿治冲出了口。心里的想法变成语言说出来后,祥太也终于明白了,让自己不愉快的元凶是什么。

"你说得没错。可你想过没有,能让有里出点力,她在那个家里不也更容易待下去吗?"

这也的确有道理。所以自己才想尽快让她学会"工作",为大家出力。祥太点点头。

"那……明白了?"

"明白啦。"

祥太故意很不情愿地说。

"有里呢?她是你的……"

阿治追问道。

"妹妹……"

祥太无奈地说。

"那我呢?"

阿治像出谜题那样地问道。

"……"

"是你的……"

阿治做出"爸爸"的口型。他想让祥太叫"爸爸",祥太也深知这一点。

"……行啦。"

祥太转过脸去,望着窗外。

"什么呀……就叫一次嘛……"

祥太还从未叫过阿治一声"爸爸"。

"很快的。"

祥太这么说,避开了阿治的压力。

"明白了。说好很快的啊!"

死心了的阿治把右拳伸到祥太跟前。祥太万般无奈地用拳头碰了一下。两人下了车。

没有挂拐杖的阿治,拖着右脚在停车场里慢慢走着。只有两人踏在碎石上的脚步声响在冬天的夜空中。

"钓鱼竿卖了?"

祥太问。

"藏好了。"

"那就好。"

"想?"

阿治做了个钓鱼的手势。

"嗯。"

阿治想在把偷来的钓鱼竿换成钱之前,两人先去钓一次鱼。

"唔……《小黑鱼》的故事知道吗?"

"老爸……不会英语。"

阿治有些难为情地回答。

"不是英语。是语文课本里的……"

"老爸……更不会语文了。"

"《小黑鱼》讲的是小黑鱼和大家同心协力干掉大金枪鱼的故事……它们为啥要干掉金枪鱼?"

阿治思考着。

"那当然是金枪鱼好吃咯。"

阿治真是这么想的。

"我觉得不是。"

这个回答太无趣,祥太马上把它否定了。

"好久没吃金枪鱼了……"

阿治两手掰开嘴巴,学着鱼的样子上前袭击祥太。

祥太笑着在停车场里四处逃窜,阿治一张一合地上下舞着两只手臂在后面追赶。

苍白的街灯照着两人的身影,两人犹如游在海底的两条鱼。

海底又暗又冷,但两条鱼快乐地放声高喊,不停追着,不停跑着。

第三章

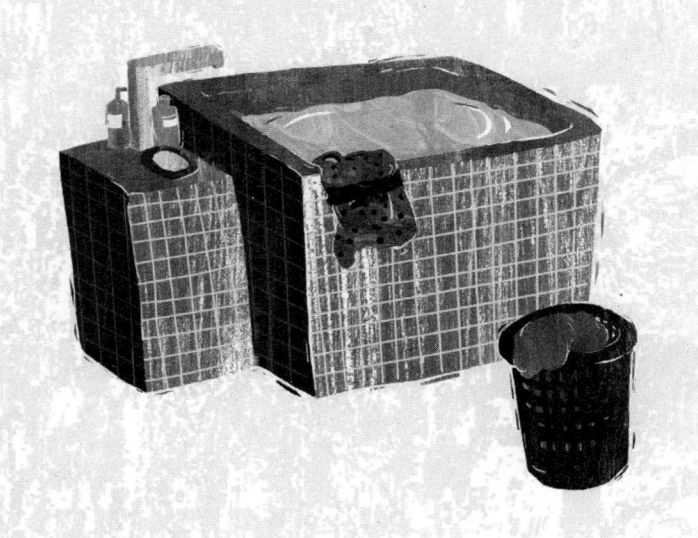

泳衣

水着

昨晚的雨停了,信代走到院子里晾衣服。随着每一次的降雨,春意愈加盎然,不知不觉樱花开了又谢,转眼到了新绿的季节。在很久没有收拾的这个院子里,也长出了各种不知名的黄绿色的树叶。

阿治刚起床,穿着睡衣径直走进院子里,哼着《还有明天》的歌,摘了一颗新结的草莓送进嘴里。

"昨天'乐趣'吵死了。我脑子里一直响着《还有明天》这首歌。"

昨晚,后面胡同里的小酒馆好像有一个公司新职员的欢迎会,喝醉的男人们反复高唱着《还有明天》。

"现在是五月黄金周[1]了……外面热闹着呢。"

信代说,她正把有里尿湿的被子晾在屋檐下。

"真会玩儿,那些上班族……"

阿治在自己的脖颈儿上狠狠拍了一下。

"靠……"

"蚊子?已经有蚊子了?"

阿治含糊应了一句,去追赶蚊子。他跑到有个晾衣场的旧院子后面。

"欸?"

"嗯?"

"你知道这里有个水池吗?"

阿治问,他用手指着的栅栏旁边有一块用石头围起来的圆形的洼地。洼地里埋着土、碎瓦片,仔细看的话,围着的石头是用混凝土固定着的。

---

[1] 日本每年4月底至5月初几个节日叠加在一起,形成了大约一周的长假。——译注

"说是爷爷从前养过锦鲤。"

这是信代从初枝那里听来的。

"这么小的地方怎么养鲤鱼啊……肯定是奶奶瞎吹的。"

阿治用下巴示意睡在佛堂的初枝。

在这个家里,过去初枝比谁起得都早,但最近她睡到中午的日子增多了,今天也还没出被窝。

"不过,这一片好像全都是爷爷的土地。"

信代环视了一下将这个家包围起来的高层建筑群。

"谁还记得这些,不管奶奶怎么说……"

丈夫投准大豆赚了一大笔钱时,有专用的司机开车、在轻井泽买过别墅……初枝记忆中的那些故事,和她现在所处的境地堪称天壤之别,让人没有一点真实感。虽说初枝并没有老年痴呆,但她所说的故事,很多地方不符合逻辑,所以无论阿治还是信代也只是姑妄听之。

"这怎么就治不好呢……"

信代把留着尿迹的被褥挂在晾衣杆上时,发现了坐在套廊里的有里。有里带着一脸愧疚的表情仰视着信代。

"这个……真是有里?"

信代故意把脸凑到被褥上,狠狠嗅了几下,将吃惊的目光投向阿治。

"什么意思,什么意思,怀疑谁呀……"

信代想看一下阿治的屁股上是否被尿弄湿了,让他转过身去嗅了嗅。

"够了吧,蠢货。"

两人嘻嘻哈哈的声音在院子里响起。

此时,正在起居室里看电视的祥太飞跑到套廊上。

"快来看,有有里,电视里有有里。"

一瞬间,阿治和信代对视了一下,立刻回过神来后,匆忙从套廊跑回屋子。

"快看!"

祥太手指电视机。电视里正好在放有里在保育园的表演会或什么场合表演呼啦圈的镜头。

"东京都荒川区，今年2月有1名5岁的女孩失踪。女孩名叫北条树里。由于女孩忽然不再来保育园，出于担心，所长通知了警察署，事情由此发现。警察署已经开始公开调查。树里酱平时可能受到虐待，警察要求父母配合自愿调查。"

在气氛紧张的旁白和顾像刑警剧的音乐烘托下，这一"事件"被报道了出来。

"你看……电视里说你不叫有里，叫树里。"

初枝先是为名字大吃一惊。跟在两人身后进屋的树里轻轻点了下头。

电视里男主播和教育评论家开始讨论为什么父母两个月都没有报警寻人。

父母好像对保育园和周围的人都解释说去了亲戚家。

"大家肯定觉得是父母杀了孩子。"

活该！信代想。

"麻烦了……麻烦了……"

阿治终于发现,自己的冲动带来了这么大的后果,他开始坐立不安起来。

"大哥,现在明白了?"

初枝把大家心里想的话说了出来。

阿治走到树里身边,抓住她的两个肩膀,凑近她脸蛋儿。

"……有里,一个人能从这里走回家吗?"

信代走到阿治身边坐下,正面望着树里的小脸蛋儿。

"现在说什么都来不及了。"

"怎么办?你想回家吗?"

阿治本人闯的祸,却让树里来决定。

"你想待在这里吧……有里?"

信代推开阿治,摸着树里的头发问道。

树里交替地看着两个人的脸,思考着该怎么说,当她一听到信代问"想待在这里吧",马上重重地点了点头。

"一直要在这个家里待下去的话,还是改个名字吧。"

坐在套廊上的初枝抬头看着信代。

"说的是。"

信代手持剪刀,动作笨拙地为树里剪头发。

信代从厨房里搬出一张套着浅蓝色外套的凳子放在套廊上,打开报纸铺在四周的地上。她在垃圾袋中央挖了个洞,从树里的头上套下去。

"像扫晴娘[1]。"祥太说,大家笑了起来。一家人都聚集在起居室看着树里。受到大家的关注,树里有些害羞,光着的脚丫勾在凳子腿上,身体扭捏着。

对于信代来说,有生以来还是第一次为别人剪头发,况且自己几乎从未摸过孩子的头发。

说起要把树里的头发剪短时,以母亲自居的信代没有半点犹豫,她觉得这是自己的职责,不过,究竟该怎么做,信代心里

---

[1] 日本民间习俗中挂在屋檐下的布偶,用来祈求晴天。——译注

一点儿没底。

打信代小时候起,母亲就在风俗业工作,没做过一顿饭,也几乎没有陪自己玩过。小时候自己应该是在离家不远的理发店剪头发的。上中学后,她将母亲给的时有时无的生活费节省下来后去了美容院。信代最初的男朋友就是在美容院认识的,那年信代16岁。

"叫'花'怎么样?我要是生女孩的话就给她起这个名字……"

初枝开心地提议。

"'花'?又不是脸[1]……"

从来没想过为孩子起名字。有点忐忑。既然要起就要起个配得上这孩子的名字。

"'凛'?"

信代上小学时,同年级生中的确有个头上总是系着白色发

---

[1] 日语中"花"和"鼻子"发音相同。——译注

结的长相高贵的女孩。那个女孩的名字好像就叫"凛"。因为母亲干风俗业，信代很受同学母亲的嫌弃。从来没有同学叫自己参加生日派对。只有凛酱没有看不起信代，经常和她一起玩儿，是个心地十分善良的女孩。

"怎么写？铃？"

"不是……这样写。"

信代挥着剪刀在空中比画。

"凛是两点呀，不是三点水旁……"

初枝的目光跟着剪刀转着，也用自己的手指在眼前画了几下。

"不好意思，我高中没念完……"

信代粗鲁地取下垃圾袋，"啪"地一使劲儿，让树里转过身体。

"行了，剪完啦！"

"哇……变可爱了……"

阿治望着树里的脸说。

"这样就认不出来了。"

为树里剪发，不是因为季节变化，而是为了不让人认出来。只是，剪了头发也很难保证一定不被人认出。不过，把原先梳着两条辫子的头发剪短，露出肩膀，还是在很大程度上改变了树里的形象。

"照一下镜子？"

注视着树里的亚纪招了招手。

树里点点头，像和亚纪比赛一样跑到佛堂的三面镜前。

亚纪把树里搂在膝盖前，和树里比自己的黑头发。

"你是黄头发。多好啊，染头发太花钱了。"

树里露出了笑容。

"……你叫什么？"

树里对着镜子里的亚纪问道。

"沙香……"

树里想了想。

"还是凛好听。"

"是的呢。"

说着，亚纪开心地笑了起来。

欢迎家庭新成员凛酱的"仪式"结束后，信代几个一起出门买东西去了。

家里顿时安静下来。

留在家里看门的阿治从冰箱里取出牛奶，边喝边站在厨房窗前看隔壁的高层住宅楼。

高层住宅楼的阳台上，长长的鲤鱼旗在迎风招展，应该和祥太的身高差不多吧，阿治想。停车场上，身着崭新运动服的男孩和父亲在玩足球。

"24、25、26……"

父亲大概踢过足球，在儿子面前熟练地颠着球。

"30！"

父亲和儿子异口同声叫了起来。

"老爸好厉害！"

"没骗你吧！"

"再来一遍。"

父亲又开始颠球。

阿治把喝空的牛奶盒放到餐桌上,拿起一只便利店的塑料袋,往里面吹了几口气。

"1、2、3、4……"

不能输给隔壁的父亲。阿治颠着胀得鼓鼓的塑料袋,从厨房移动到起居室,猛地倒在榻榻米上。

"祥太。"

他叫道。

"老爸好厉害!"

他模仿孩子的声音喃喃道。

"你是孩子啊?"

阿治吃了一惊,循着声音传来的方向转过脸去。躺在佛堂榻榻米上的亚纪咧嘴笑着。她也没跟着去买东西。

阿治将塑料袋朝天花板上投去。

"你和我姐……什么时候干那个?"

好像终于抓住了只有两人在家的机会，亚纪把平时藏在心里的疑问抛了出来。

"欸？什么意思？"

阿治有些不知所措。

"瞒着大家去情人旅馆？"

"我们……有办法……那档子事。"

阿治想在亚纪面前表现得很男人，表情却变得很僵硬。

"真的？"

亚纪直起身子，转向阿治。

"啊。"

阿治应道，他冲着亚纪笑起来。

"我们是这里连在一起，不是这里。"

他用手指指胸口又指指裤裆。

"好假。"

亚纪不屑地吐出两个字。

"那，你觉得是什么把我们连在一起？"

阿治的表情认真起来。

"钱。一般来说。"

亚纪一脸看出什么奥秘的表情。

至多23年的人生,她究竟是看着什么样的大人长大的?

"我们不是一般人。"

阿治开心地说着,又开始对着天花板颠球。

亚纪注视着阿治,一会儿自己也倒在榻榻米上,冲着天花板小声笑了起来。

初枝、信代、祥太、凛酱四人去车站前的百货公司。他们穿过公园,走下通往车站的斜坡。建筑群的对面能清晰地看到晴空树。祥太和凛酱并排走着。他们回头看落在后面的信代和初枝。

"是大叔救了你吧?"

凛酱认同地点点头。

"你也很喜欢阿姨和奶奶吧?"

凛酱又点点头。

"那……能在我家待下去吧？"

"……能。"

这次口齿很清楚。

"今天开始你就是'凛'了。"

祥太说着，把信代送给自己的镶着假宝石的领带扣递给凛酱。

"嗯。"

凛酱把宝贝举到眼前，橙色的宝石在蓝天的映衬下显得十分美丽。凛酱小心翼翼地将宝贝放进了裙子口袋。

信代也担心那个报道刚出现就带着凛酱出门是不是太大胆了。

"越是这种时候越要落落大方，才不会引起怀疑。"

经初枝这么一说信代也铁了心。一定是因为今天天气好吧，信代想。

又没有杀人放火，用不着躲躲闪闪地生活，那不符合信代的个性。

走在前面的祥太和凛酱已经完全成了兄妹。

"孩子们很快就习惯了。"信代想。

"我刚才还想说回吧……"

初枝抓住信代的手臂。

"是不是上帝派来的……我们……"

两人一起笑了起来。

"父母是没办法选择的,照理说。"

"可是……像我们这样,自己做出的选择才更牢靠吧?"

"什么?"

初枝问。

"是什么呢……羁绊哟,羁绊。"

信代故意半调侃地说道。太直白的话,信代觉得不好意思直接说出口。

"我也一样,选择了你。"

听信代这么说,初枝兴致也高起来。

（说的是真心话吗？）

信代猜不透初枝的真意，不过，就算是玩笑话自己也很开心。这次信代用胳膊肘戳了一下初枝。

"快别说了，我要哭了……"

祥太和凛酱在朝下的斜坡上跑了起来。

"要摔跤啦，有里。"

凛酱听到喊声不由自主地回过头来。

"错了，是凛酱。"

信代高声笑道。初枝也张开没有牙齿的嘴大笑起来。太愉快了。

真希望这种开心的时光能一直持续下去，信代想。

（她如果真的是我母亲该多好。）

信代心里这么说。

正如凛酱和信代那样，初枝和信代也是相互"选择"的母女。

8年前，信代在日暮里的小酒馆里当陪酒女。阿治起初是这家店的常客，不知什么时候起进了吧台工作，负责为客人点单。后来，阿治和因受家庭暴力逃出来过独居生活的信代好上了，两人在信代租的公寓里同居。阿治是在柏青哥店里认识的初枝。

阿治发现初枝偷其他客人的钢珠，便对她产生了兴趣。他去初枝的家里玩儿，就有了故事的开端。

初枝也过着独居生活。单身妈妈独自把儿子拉扯大。儿子婚后在家里住了一段时间，性格强势的儿媳和初枝合不到一块儿，不到一年时间，儿子便搬出去了。

儿子搬走后杳无音讯。初枝只是听人说，由于工作关系儿子调到了博多，一家人也都搬到博多生活了。

"治"是儿子的名字，儿媳名叫"信代"。当两人决定投靠初枝时，便说好用这两个人的名字。

就像"凛"不是"凛"那样，"信代"也不是"信代"，"治"也不是"治"。包括亚纪，生活在这个家里的人几乎都有两个名字。

一行人走进了百货公司儿童服装的楼层，信代不想让凛酱再穿祥太的衣服，想为她买合身的新衣服。

"都开始卖夏装啦。"

信代手摸挂在架子上的夏装嘀咕道。

楼层最里面的货架上已经挂上了泳衣。

"凛酱,去海边玩过吗?"

信代问。凛酱摇摇头。

"小哥呢?"

初枝问祥太。

"去过啊。应该吧。"

祥太答道,不过他脑子里没有那种夏天的记忆。

"应该吧?"

初枝笑了。

"那好,大家一起去看海吧。"

信代伸手取过女孩子的泳衣,看着凛酱。

"我去看游泳圈。"

祥太开心地跑开了。

信代在试衣间为凛酱穿上蓝色泳衣。胸口上的白丝带非常可爱。初枝抱着一大堆童装从货架那里跑到试衣间。她开始动手一个个地去掉衣架，塞进包里。

"这给小哥……这是凛酱的。"

"装不下那么多。"

信代低声埋怨初枝。

"那就穿着回家？"

在这种事情上初枝从来没有犯罪感，这一点和阿治一模一样。

信代不再理会初枝，为凛酱试黄颜色的泳衣。

"还是黄颜色的比较搭。"

"头发也是黄的。"

看着镜子中的凛酱，初枝也赞同道。

"就买这件？"

信代看着凛酱。刚才起一直害羞的凛酱突然使劲儿摇头。

"欸……不想要？"

信代吃惊地问。

"嗯。"

"为什么?"

"不打我?"

"欸?"

"等会儿……不打我?"

原来是这样,不是因为害羞啊。

这孩子,母亲为她买衣服,她就会挨打。母亲一定是为了打她才为她买衣服。所以我一说为她买衣服,她就条件反射一样地想起身上的痛,变得不安。

多可怜的孩子,信代忍不住想流泪。

她想代替想哭但不敢哭的孩子大声痛哭一场。

信代轻轻揉着凛酱的肩膀。她瘦削的肩膀在发抖。

"不要怕,我不会打你。"

信代用尽可能温柔的语气对凛酱说。

"1、2、3，爬上山，4、5、6，翻筋斗，7、8、9，拍皮球，伸出两只手，10个手指头……"

两人重复唱了三遍信代教的数字歌后，凛酱穿着黄泳衣出了浴缸。

大概是太开心的缘故，凛酱穿着刚买来的黄泳衣就泡在浴缸里。出了浴缸，凛酱把渔具店里偷来的拟饵拿在手里把玩。

"那是什么？"

"钓鱼用的。"

凛酱给信代看章鱼形状的鱼饵。

"……像真的一样。"

信代接过章鱼"砰"地扔进浴缸，让它浮在水面上，在凛酱眼前摇摆着身体。章鱼的8条腿在左右两侧微动着。

"那是什么？"

凛酱指着信代左上臂烫伤的疤痕问道。

"这个？被熨斗嗞了一下……"

信代摸了一下自己的伤疤。这是刚进洗衣厂工作时留下的老伤疤。

"我也有。"

凛酱给信代看自己的左臂。

凛酱的手臂上也有一条看上去类似的烫伤的疤痕。细长条柳叶般的形状和信代手臂上的一样。大概是被母亲责打后留下的吧，信代想。

每当问起凛酱"这是怎么弄的"，她总是以"摔的"来搪塞，今天她第一次承认了是烫伤。

"真的，一模一样。"

两人将两条手臂放在一起比了起来。凛酱忽然伸出手，在信代的疤痕上轻轻揉了起来。

信代屏住呼吸，她感到泡在水里的心脏跳得很快。第一次有这种感觉。

"……谢谢……已经不疼了……不要紧。"

信代说。凛酱摇着头，继续抚摸信代的伤疤。

凛酱一定是在摸自己的伤口。她的伤口还没有痊愈，在痛。

她摸着我的伤疤，代替抚摸她自己的。信代感觉自己已经浑身发热，但她怎么都没法说出口"我要出来了"。

"小黑鱼游着，在漆黑的海底，它很害怕，很寂寞，也十分悲伤……"

祥太把吹得鼓鼓的游泳圈枕在脑袋下，读着旧语文教科书上的课文。他读的是《小黑鱼》。阿治靠在被子上，手里拿着啤酒，闭上眼睛听祥太朗读。

"亚纪，你帮凛酱弄下头发。"

信代说着向佛堂走去。

洗完澡的凛酱走进起居室。亚纪用浴巾为凛酱擦头发。

信代从佛堂的衣橱抽屉里取出藏在那儿的红颜色卫衣，走到院子里。

"在清晨冰冷的海水中，在白天明媚的阳光下，大家游着泳，追赶大鱼群。"

祥太读完了课文，阿治嘴上说着"读得好，读得好"，鼓起了掌。

"可是……大鱼……你不觉得挺可怜吗？"

"不可怜啊。它们吃了很多小鱼不是……"

"这倒也是……"

"好想吃金枪鱼。中段稍微烤一下……"

"又来了。"

祥太对阿治的回答很失望，他把教科书放在游泳圈边上。晾衣杆的那一头，落日的余晖下有一颗星星在闪光。

"我说……凛酱……到院子里来一下。"

信代招手喊凛酱的名字。祥太感觉又有什么仪式要开始，在游泳圈上坐起来。

"我烧咯？"

"嗯。"

信代一问，凛酱使劲儿点了下头。

信代将点上火的报纸扔进从玄关搬来的油罐里，又将凛酱的衣服扔了上去。

卫衣胸口上的白丝带立刻燃烧起来，缩成一团，变成黑的。

信代把凛酱搂在膝盖间，注视着火焰。

"凛酱挨打，不是凛酱的错……"

信代慢慢对凛酱开口道。

"爱你才打你，这是骗人的话。"

信代想起了自己30年前的经历。这种口气，有点像自己的母亲。

"爱你的话，应该这样。"

信代紧紧搂着凛酱，紧得脸和脸就要贴在一起了。

她觉得眼泪在自己的脸上流成了一条线。泪水在火光的照射下有些温热。凛酱回头看信代的脸，用小手为她抹去眼泪。

这孩子可爱，这孩子让人心疼，不，不是因为这些。

搂着这个孩子，就这样被这孩子搂着，信代觉得自己身上的一个个细胞都在质变。

我不会再放手这孩子。

信代在心里这样起誓。

第四章

魔ボ

手品

夏日煞白的阳光下，祥太和凛酱走在望得见晴空树的河滩上。

凛酱来这个家里已经半年了。

初春，在电视专题节目中喧嚣了一段时间的凛酱失踪的新闻，随着层出不穷的事件和丑闻的出现，不久便不再成为人们关注的对象。

为了万无一失，凛酱出门时都会避开曾经生活过的小区、马路和巡警岗亭附近，不过祥太和凛酱两人在一起玩耍时，人们只是把他们看作关系亲密的兄妹，从未引起怀疑。

即便有人还记得那个新闻，大部分观众都认为一定是父母杀害了孩子，正如信代所想的那样，大家好奇的目光无疑只专注于生活在那个小区里的年轻夫妇身上。

祥太跑上河堤，河的相反方向传来少年打棒球的喧闹声。

祥太把在路边的树下和草丛里发现的蝉壳挂在自己的运动背心上，他隔着铁丝网向球场上张望。大概是地区比赛的预选赛，和祥太差不多年纪的男孩子们分成白队和蓝队在进行比赛。

铁丝网的那一头，绿色的草地闪着金光，蜻蜓在上面飞来飞去。

孩子们在统一指挥下高喊着加油，扬起的尘土味扑鼻而来。

祥太用左手背擦掉脸上的汗水。

"哥哥！"

对棒球没有兴趣的凛酱，在杂树丛中发现了什么。

"什么？怎么啦？"

祥太很有大哥样子地回应着，跑到凛酱身边。

"蝉壳在动。"

凛酱手指的地方有一只蝉的幼虫。

一定是从土里钻出来的时机不对。已经过了正午，它现在才开始准备慢悠悠地爬到树上去。幼虫的周围已经聚集了很多蚂蚁。

"加油!"

两人一起为幼虫鼓劲。

"加油!加油!"

幼虫成功地爬到树上。它在两人的视线中消失后,凛酱还是担心地抬头望着树,看了好一会儿。

"它没事吗?"

"没事。"

"变蝉了吗?"

"变了。"

这样一问一答了差不多30遍,凛酱终于起身离开。棒球比赛也结束了。好像是蓝衣球队赢了。

祥太的嗓子在冒烟。他想吃冰棍。最好是苏打口味的"嘎吱嘎吱君[1]",不过,放在塑料袋里的那种便宜的细长冰棍也行。口

---

1 音译,赤城乳业株式会社出品的一种冰棍。——译注

袋里没钱，祥太决定去"大和屋"。

店里空空荡荡的，除了两个店员没有顾客。山户老头依然专注于研究棋谱。没有顾客，要先打开里面放着冰棍的冰箱随后下手是十分危险的。

祥太打算先教凛酱。店里头挂着各种颜色的扭蛋。凛酱背对着店主，抬头望着扭蛋。

祥太走过来，站在店主和凛酱中间，挡住了视线。就像超市里阿治对祥太所做的那样，现在轮到祥太掩护凛酱了。祥太没有回头，用左手在凛酱的后背上发出信号。

（快下手。）

凛酱做了一下从祥太那里看来的祷告手势，用应该放到嘴唇上的手背错碰了一下额头。

她取下一只非常喜欢的黄颜色的扭蛋，两手握着走出店门。她向祥太示意(成功了)。祥太点头回应着(很棒)，刚要走出店门，后面传来了店主的喊声："等等。"

一听到喊声，祥太的身体顿时僵住了。

山户老头动作迟缓地走出房间，下了台阶，穿上拖鞋，从玻璃柜里抓起两根啫喱棒，递给祥太。

"给你。"

祥太默不作声地收下。

"有个条件……别教妹妹学这些。"

说着，他学了一个祥太动手前常做的祷告手势。老头什么都知道。

祥太屏住呼吸走到大街上。

手中的啫喱棒冰冷冰冷。

他感觉到凛酱跟在自己身后。"别教妹妹学这些"，他不知道该怎么理解老头说的话。

他只觉得心里有一种苦涩的东西不断往上涌。出现这种感觉还是第一次。

信代和同事根岸再次被叫到洗衣车间2楼的办公室。

"你的意思是辞退吗？"

信代直接问越路。

"我也很为难哪。必须裁员的话，只能从工资高的你们二位当中选一位呀……"

越路用围在脖子上的毛巾擦了擦汗，一脸抱歉的表情。

进了小时工资低的新员工，要赶走两个老员工中的一个。

而且，越路不愿自己做恶人，所以把决定权抛给了眼前的两人。

"我想和二位商量……"

拒绝的话，恐怕两人都会被解雇。阿治自从脚受伤之后，惰性变得更强了，不愿出门找工作。家里有这么一个男人，自己万万不能被这个工厂辞退，信代想。

两人拖着沉重的步伐走出办公室，没有回车间，而是径直走到了工厂的后门。工厂后门正对着一个网球场。网球清脆的落地声和男女的笑声，夹杂在蝉鸣中传入耳朵。

上班的午休时间还有闲心打网球，真够逍遥的，信代想。

想到自己现在的处境，心理的落差令她十分生气。为什么自己抽的总是下下签，究竟是自己错了，还是单纯的运气太差呢？

就在信代恍惚地想着这些时，"让给我吧。"根岸首先提议道。

"为什么要我让？"

"……这不是在求你吗？"

"大家都难……不光是你啊！"

今年春天，根岸和丈夫离婚了，现在一个人带着孩子。说好的抚养费，丈夫只付了两个月。可是，同情心一泛滥，苦的便是自己。

"你让给我的话……我就当什么都不知道……"

"你不也偷东西了？"

信代反问，她以为根岸指的是盗窃顾客遗忘的物品。

"我不是说那个……电视上的。"

信代不明白她说什么。

"我看到了。你……和那个小姑娘在一起。"

天哪，这个女人说的竟是凛酱的事。一定是去超市还是什么地方被她看到了。为了达到目的,她竟拿这件事来要挟自己,信代感到十分诧异。

根岸的年龄虽然比自己大三岁,但她平时总是把自己当姐姐那样形影不离。而自己,除了她,也一直和其他同事保持着距离。她是要恩将仇报吗?假如是在过去,这种时候,信代恐怕早就一拳落在她脸上了。可是,现在不同了。

信代决定心平气和地接受根岸的提议,这连她自己都觉得吃惊。为什么会变成这样?是啊,因为自己有了需要守卫的东西。一直以来,自己心里想的是,为了守卫自己的东西,绝不做退让,然而事实正相反。为了能和凛酱共同生活下去,现在的信代什么都能做到。

"可以。"

信代说。

"作为条件,说出去的话,我杀了你……"

信代来真的。也许是根岸感到了杀气,也许只是因为觉得自己不会被解雇而放心了,根岸撇下信代返回车间。

经过信代身边时，根岸低声说了一句"对不起"。她也和自己一样，为了自己需要守卫的人才来威胁我。信代无法鄙视这种行为，内心反而产生了共鸣。为什么是这样，因为两人都是母亲。

全家出门后，家里只剩下初枝一人。她坐到梳妆台前，在日历上确认了今天的日子，开始仔细梳头。

梳完头，她从抽屉里取出旧口红，涂了一点在小手指上，随后涂到自己的嘴唇上。

化妆结束后，起身之前，初枝觉得有人在看着自己。她望着佛龛。佛龛上有她的丈夫，他穿着白颜色的棉麻的夏式西服，露着白牙微笑着。

他和我相反，牙齿长得真好看，初枝想起这些。

初枝乘电车到了新宿，在那里转乘山手线坐到涩谷，又在涩谷上了私营电车抵达横滨，总共花了一个半小时。

她在横滨站西口坐上市营大巴，15分钟后终于抵达目的地，此时她已经汗流浃背。要是带上太阳伞就好了，初枝想。

她找上门去的那户人家是独栋楼房，位于安静的住宅街区。房子是两层楼建筑，但算不上豪宅。打扫得很干净的室内，没有多余的东西，也感觉不到任何异样的气味。

初枝被带到了一间放佛龛的日式房间，她边用手绢擦着顺脖子留下来的汗，边从包里取出佛珠。

中年夫妇尽管对初枝的来访有些手足无措，但为了掩饰，还是进厨房忙活了起来。妻子冲着正在泡红茶的丈夫小声嘀咕。

"你爸的前妻……和你有什么关系啊！"

"话是这么说……我也没办法呀！"

性格憨厚的丈夫，为了平息妻子的不满这么说道。

"你没见啊……来多少次了……"

佛龛上放的是和放在家里一样的初枝丈夫的照片。边上还有一张容貌优雅的老妇人的照片，她就是抢走初枝丈夫的女人。这个女人死了也有两年了。

"不用张罗……想着是月忌日，就顺道来了……"

初枝感觉到两人排斥自己，回头这么说道。

自己是不受欢迎的客人，这一点初枝十分清楚，即使当面被他们这么说也不会伤害到自己。初枝故意选择出其不意地突然来访。

初枝的厚脸皮，更让这对夫妇生气。

"下午去家里拜访。"今早初枝打来电话。好像女主人去附近的西点店买了蛋糕，花色蛋糕和装在梅森陶瓷杯里的红茶端到了全身埋在客厅沙发里的初枝跟前。蛋糕看上去十分美味，好像是自己家门口买不到的。初枝毫不客气地拿起蛋糕就吃，又让添了红茶。

"各位还好吧？父亲葬礼以来就没再见过……"

男主人终于忍受不了沉闷的气氛开口道。

初枝没有应声，目不转睛地望着有些恍惚的男主人的脸。

男主人被初枝凝神的眼神看得有些不自在。

"血缘关系到底是逃不掉的……这块儿一模一样。"

初枝摸着自己的鼻子。丈夫的鼻梁很挺，眼前的儿子，鼻子也和丈夫长得很像。儿子不知初枝是不是真的这么想，至少自己不这么认为。不过,这已经足够让他意识到自己和父亲的血缘关系而有了沉重的负疚感——我的身上流着让这个女人变得不幸的男人的血。

儿子摸了一下自己的鼻子,苦笑起来。

穿着学生服的女孩手里提着小提琴从2楼走下来。夫妻两人终于露出了轻松的表情,目光追随着女孩。

女孩看见初枝,在楼梯上停下来,很有礼貌地打招呼:"您好。"好像不是第一次见到这女孩,初枝想。女孩下了楼梯,说着"我走了"便径直走向玄关。女主人目送着女儿。

"沙香,回来吃晚饭吗?"

"有好吃的吗?"

"今天做圆白菜肉卷。"

"耶!回来吃。要配沙司、番茄。不要白的。"

女儿名叫沙香。

"快走吧。"

男主人笑着说道。

"给我留块蛋糕。"

"知道，蒙布朗。"

亲子间亲密的互动都看在初枝眼里。

"明白啦。"女主人看着女儿的背影笑着。女孩走出玄关的脚步声听上去一蹦一跳的。

"长大了……"

初枝望着玄关说道，已经不见了女孩的身影。

"是……已经高二了。"

初枝回过身看男主人。

"大女儿还好吗？"

说着，初枝的视线从男主人的身上落到他身后的一家人的照片上。手里拿着高中毕业证书的亚纪和刚才的妹妹的照片并排放在一起。

亚纪在店里使用的"沙香"，是妹妹的名字。

"您是说亚纪吗？还好……"

父亲目光犹疑了一下，这没有逃过初枝的眼睛。

"在国外吧?"

明知亚纪不在国外,这对做父母的依然对初枝重复着谎话。

"嗯,在澳大利亚过得开心着呢……是吧?"

丈夫向厨房里的妻子求助。

"暑假也不回来。她爸有些想她了。"

妻子从厨房里露出半张脸,立刻又回到灶台前。

"是吗……这最重要。"

初枝说的"这最重要",指的是留学快乐最重要还是爸爸想女儿最重要,她自己也不明白。

初枝又看了一眼放在窗台边上象征这个家庭幸福的照片。

亚纪没有笑容。

为什么亚纪在店里使用妹妹的名字,初枝心里有些懂了。

是为了复仇。

是亚纪对妹妹的复仇。妹妹比自己晚来一步到这个世界,却夺走了父母的爱。当然,沙香和父母应该也没什么错,他们对亚纪没有做过什么过分的事。所以,即便他们知道了亚纪的情况,也一定搞不明白这究竟是为什么。亚纪这种扭曲的爱，与初枝一次次上门来的感情有某种共同点。

（和那孩子说的一样，我和亚纪虽然没有血缘关系，但很像。）

初枝是这么认为的，所以对亚纪也格外疼爱。

坐了差不多一个小时，初枝终于打算离开。男女主人走到玄关送初枝。

"这只是一点小心意……"

丈夫递给初枝一个事先准备好的信封。

"太客气了。那我就收下了……"

和过去一样，初枝收下信封。妻子脸色变了，初枝压根儿不加理会。

"我母亲和父亲的事……我一直感到很抱歉。"

丈夫弯腰深深鞠了一躬。他一定是感觉到了愧意，自己的小小幸福原来是建立在破坏眼前这个老人幸福的基础上的。这人不像其父，心地善良，初枝想。

"你没有错。"

初枝握住这个男人的手说。

她之所以来这里，起初只是想闹一下恶作剧。

在前夫举行葬礼的寺院里见到后，初枝便经常出现在这人的家里，拿钱走人。

这个钱，被她看作赔偿金。

和那户人家的女儿亚纪，也是偶然在大巴停车站遇到的，她们交谈了起来。亚纪对这个家庭有着连自己都道不明情由的不满。于是，初枝邀请亚纪来和自己一起过，出人意料的是，亚纪竟爽快地答应了。第二个月，亚纪便成了位于荒川区的那个家族中的一员。

是因为想让这个家庭也尝尝亲人被夺走的滋味——宛如初枝自己的亲人被人夺走那样，还是因为亚纪的长相留着自己曾经爱过的那个男人的影子？

仇恨？爱？初枝自己也不得而知。

一走出玄关，初枝马上打开信封确认，里面有3张1万日元的纸币。

"又是 3 万……"

初枝嘀咕了一句。去柏青哥转转再回家吧,她想。

亚纪和晴美在前台后面的休息室里吃从便利店买来的炸鸡块。

今天客人很少。同事爱结从两人跟前经过,和她们打招呼:"我去聊天室了。"

晴美用笑脸送走爱结后,脸色忽然一变。

"那女人绝对有私下交易。"

"为啥?"

亚纪从没听说过。

"没有私下交易的话怎么可能有那么多预约的客人?"

晴美说得很断定。自己的姿色和体形都在爱结之上,晴美有这样的自信。

"不甘心了?"

亚纪调侃道。

"当然不甘心。你没有?"

"没有。"

亚纪伸手从晴美手中拿一块炸鸡一口放进嘴里。

"我说沙香,你为什么在这里上班?"

晴美瞥了一眼亚纪的脸,身上散发着廉价香水的气味。

亚纪并不是为了钱来这里上班,也没有晴美那种想在风俗业的世界里一直干下去的打算。

"什么为什么?"

在这里上班的,几乎都是迷上牛郎或者追乐队男孩的女孩。为此,她们需要挣快钱。这里不像名副其实的风俗业那样直接接触顾客,因此不用自卑。亚纪虽然两者都不是,但也从来没有细想过为什么。

"为了自残?"

被晴美这么一问,亚纪沉默了。

"报复男朋友?"

"不是。"

亚纪否认。亚纪否认,似乎反倒让晴美深信这就是理由。

"真是那样的话,不如把自己弄得更脏些……"

晴美说着,又大口吃了一块炸鸡。

我是为了复仇才来这旦上班的吗?

亚纪想。

为什么我起了个妹妹的名字"沙香"?

亚纪试着问自己,不过她还是放弃了往深里想。"4号客人"来店里了。

"4号客人"和往常一样进了4号隔间,指名亚纪。

亚纪在单面可视玻璃后面表演了5分钟。她和客人只限于这种程度上的交流。

"4号客人"既没对沙香背后的亚纪本人表现出兴趣,亚纪也从未邀请过"4号客人"在店外约会从而获得更多报酬。

设置好5分钟的计时器响了,按常规此刻该说"您满意吗?恭候下次光临"。

但是，大概是受了刚才晴美那句"把自己弄得更脏些"的话的刺激，亚纪对之前只是单纯称为"4号客人"的男人有了兴趣，她第一次尝试邀请这个男人去"聊天室"。

"4号客人"考虑了片刻，在白板上写了"你想？"两字给亚纪看。

"聊天室吗？我想。我想看看你长什么样。"

不是真心。怎么可能愿意看为他表演自慰行为的人的脸？虽然隔着单面可视玻璃。

"OK。"

白板上这样写。

亚纪的提议被轻易接纳了。

"太好了！选哪项？拥抱？陪睡？枕大腿？"

"枕大腿。"他在白板上写道。这一项目5分钟2000日元。

"枕大腿，谢谢您。"

亚纪重复了一下，对着单面可视玻璃露出职业性的微笑。

移到包厢里的亚纪,让"4号客人"枕在大腿上,将计时器设为5分钟。

"4号客人"虽然脱了帽子,但背朝亚纪躺着,所以亚纪看不清他的长相。

他的年龄在二十七八岁。身着薄薄的派克外套加牛仔裤,对公司上班族来说显得过于随意。看来他说的有时利用跑业务的时间来店里也是谎话。

是谎话也无所谓。自己不也骗他是正在上大学的大学生吗?两个互相欺骗的人,隔着玻璃,在仅有的5分钟时间里,虚拟地谈一场无法称作恋爱的爱情。就算如此虚幻,世上有太多的男人,即使花钱也要苦苦追求。

"4号客人"沉默着。

亚纪也沉默着,用手捋着他的头发。

"是不是很舒服……这个房间?"

亚纪在"4号客人"短发下面的脖颈上反捋着,她问道。

"今年夏天您有什么计划吗?"

首先打破沉默的是亚纪。

男人摇摇头。

"不去海边什么的吗?"

男人指了指亚纪。

"我?我也没计划。"

亚纪说着,"啊"地想起什么,停下摸他头发的手。

"之前,我妈妈给妹妹买了件泳衣,她高兴得每天在家里穿着。洗澡也穿着泳衣……啊啊,我过去也做过同样的事。"

温馨的回忆。那时候自己和妹妹的关系也十分亲密。妹妹远比我聪明,学习也好。上小学时我开始学拉小提琴,妹妹也跟着来课堂。妹妹上小学后两人开始一起上课,她马上就拉得比我好了。最终我放弃了小提琴,因为母亲说付不起每月两人学小提琴的费用。

男人一直默默地听亚纪说着。

"在这里说什么都行啊。"

亚纪试着让他开口。她向前探出身体,想看男人的脸。她看到了男人拿着帽子的手。握成拳头的手指根部伤痕累累，还渗着血。

"怎么啦，这里？"

揍的，男人动了一下手。

"揍谁？"

男人指了指自己。

他遇到什么不称心的事了吗，还是不能原谅没出息的自己？

"我也有过，揍自己。"

亚纪用自己的两只手掌包住了男人伤痕累累的手。

"痛吧……这样子很痛的。"

男人的手微微颤抖了一下。亚纪觉得自己抚摸着的不是别人的手，而是自己的。

此时，计时器响了起来，宣告两人的感情交流结束。

男人听到铃声，犹如从梦中惊醒一般，猛地离开亚纪的膝盖坐起身子。

亚纪白皙的大腿上留有泪水。亚纪目不转睛地凝视着泪水。

男人一脸害羞的表情，用上衣的袖口去擦泪。

亚纪抓住男人的手腕，靠近他身体。另一只手绕到背后，用力把男人拉到自己怀里。男人一动不动地任凭亚纪摆布。透过上衣，亚纪似乎感到了男人的心跳。

"啊……啊……"

男人想要说什么，亚纪凝神倾听。

"啊……啊……"

男人好像说不出话。可是亚纪似乎明白了他要说什么。

"嗯……暖和。"

亚纪说着，又一次抱紧男人。

很久没有像这样从别人那里感受到温暖了。亚纪感觉男人的身体不再颤抖。虽然还不明白为什么自己要用沙香的名字在这里工作，但是，现在紧紧抱住这个男人的，不是沙香，而是亚纪，这一点她十分清楚。

位于荒川区的家，每年一到8月就变得完全不通风了，白天没法待在屋子里。在这里住了将近10年,阿治还是难以适应这样的闷热。自从脚部受伤以来,原本就不想外出工作的他,更是变得什么都不想干了。

离奶奶汇入养老金的日子还有两周,信代发工资的日子还有20天,在那之前钱不够用的话,就去卖掉藏在壁橱里的钓鱼竿,日子总能过得下去。祥太也能外出独立"工作"了吧。阿治迷迷糊糊地想着。

今天信代很少见地中午就下班回家了,她嘴上叫着"热、热",脱了外衣,在厨房里煮挂面。

阿治躺在起居室里,看着身着内衣的信代。

第一次见到信代时她才24岁。自己也没过40,那时候还有些梦想。现在一起过着这样的日子,假如没有那时的相遇,各自的人生会变成什么样呢?

煮完挂面,信代从碗橱里取出玻璃碗,将挂面盛在里面,上面放上冰块,端到起居室的饭桌上。佐料只有一种——葱。

两人面对面坐着,默默吃着挂面,发出的声音绝不输给外面的蝉鸣声。

一直盘腿坐着,阿治受伤的右腿没了感觉。阿治伸开两腿,支起右脚,在上面揉着。

"痛吗?"

信代用下颚示意阿治的脚。

"啊……看样子要下雨……"

阿治抬头望了一眼仅能看到的一小块天空。

"管用的腿……不然靠它发布天气预报挣钱?"

信代调侃道。她拿起吃空的碗去厨房。手里举着筷子的阿治看着她的背影。信代站在厨房里,色彩鲜艳的黑红相间的内衣在逆光下有些透明。院子里的蝉一齐停止了鸣叫,好像飞到别处去了。

"夏天还是挂面最好吃。"

信代又返了回来,她小心翼翼地端着碗,避免里面的冰水晃出来。

"是啊……"

阿治的目光从信代身上移开。和二十多岁时相比，她的臀部和腹部长出了一圈肉，上班也几乎都是带着一张睡醒后不化妆的脸出门，最近变得不太把她当女人看了。今天却不同，她看上去很性感。

照在院子里的阳光忽然转阴了。

"怎么回事？今天化妆了？"

阿治说着，把筷子伸向又添加了挂面的碗里。

"百货公司……拉我试妆……"

"欸……"

信代从放在脚边的纸袋里一件件取出化妆品。

"这个……这个……还有这个。"

"等等，等等。"

哪来的钱？阿治刚想发问，就被信代打断了。"我被解雇了。"信代笑道。

"发现了？"

阿治想的是不是侵吞顾客遗忘的物品一事被发现了。

"嗯……差不多吧。"

信代没有实说。

"要不我们一起重新开个酒馆,在西日暮里一带?"

阿治说道,他想给信代打气。

"雇上亚纪,应该过得去吧?"

"不用,你就可以……只要像过去那样好好化妆就行了。"

"你是安慰我吗?"

"真的不是。"

刚才的阳光犹如梦境,此刻天空忽降大雨。刚发现下雨,雨滴就已经变成了一根根粗线,打得院子里树上的叶子使劲儿上下晃动。套廊上泛白的地板,被雨打湿后变成了黑色。雨声和地上泛起的泥土气味一起飘进屋里。

"我说……"

阿治猛地吸了一口带土味的气息,又开始揉右脚。

他十分佩服自己这条腿,它能比蝉更早觉察到要下雨。

信代嘴里含着一大口挂面,凝神望着院子。

阿治偷瞥了一眼她的侧脸。很美。

有时在信代某个瞬间的表情中,阿治能发现平素见不到的有别于性感的那种庄重的神态。现在就是。

"有点累了……"

信代望着院子里下个不停的雨说。

"那也是新买的?"

阿治指着信代的胸罩。

"看出来了?"

信代忽然回过神来似的恢复了原来的表情,开心地让阿治看肩上的带子。

"1980日元……看不出吧……"

阿治伸手摸了一下。

"啊……质地不错。"

阿治说着,用筷子搅了一下碗里的挂面。信代咽下含在嘴里的挂面,脸凑近阿治,亲了一下他的嘴,又像什么都没发生似的开始嘬起挂面。

阿治"咕嘟"一声吞下嘴里的挂面。信代眼珠朝上翻着望着阿治，放下筷子，用手背擦了一下嘴，直接将阿治推倒在榻榻米上。信代压在阿治身上，开始吻他。脖子、额头、耳垂。

阿治任凭信代吻着，两只手绕到她背后。即使穿着内衣，他也能充分感觉到她丰满的肉体。阿治想要改换成自己在上的体位，一脚踢到了饭桌。饭桌上的挂面一下子翻到了阿治身上。

"凉！"

阿治跳起来。

信代发现套廊上的门开着，她走过去关门。阿治边用手捞起翻倒的挂面放回碗里边望着信代。返回的信代拉起阿治的手，向佛堂走去。

雨点声变得更加疯狂起来，似乎要打雷了。

时隔很久的情事短时间便结束了。

阿治还是累得气喘吁吁，汗流浃背。

之前一次的肌肤之爱是在什么时候？

阿治抽烟思考着。他赤身裸体地坐在套廊上，渴望哪怕有一点微风吹在自己身上。

阿治不擅长男女情事。当然，也不是完全没有这方面的经历。上高中时，因为偷东西被停学，他谎报年龄去过风俗店。和阿治一起偷东西的人，由于只有自己没有被抓，所以请阿治去风俗店当作补偿。当时阿治17岁。

阿治完全没有兴奋的感觉。记得当时年龄比自己大的女人看到自己的下身笑了，从那时起，他便对女人敬而远之。和信代还是陪酒女和顾客的关系时，只发生过一次这种事。他把喝醉酒的信代送回公寓，两人就在一个被窝里睡了一夜。

第二天清晨醒来时，信代坐在自己的身上。当时也很快完事了。

信代由于受过前夫的家庭暴力，嘴上老挂着"我受够男人了"，阿治也总是嘴硬地说"我已经不是那种年龄了"，来掩饰自己极度缺乏经验。

两人虽然成为夫妻生活在了一起，却并没有肉体关系。

信代有时表现出渴望的神情，阿治却故意装作不领会。

自从搬到这个家里居住以后，由于初枝常常待在家里，还逐渐增加了祥太、亚纪等家庭成员，比起作为一个男人、作为一个丈夫，扮演父亲的角色对阿治来说才是最轻松的。

这天，两人在时隔很长时日回到男女角色后，阿治本人最惊讶也最高兴。

"你在装什么啊？"

趴在佛堂榻榻米被子上的信代说。

阿治不由自主地哼起了小调。

"想不到……你……"

阿治回头看着信代。

"可以吧？"

信代苦笑着。

"我可以吧？"

"还行……"

"啊？……不满意？"

"我还没怎么出汗呢。"

信代不满地说。

阿治有些失望,不过还是很兴奋。

信代夺过阿治手里的香烟,吸了一口。很久没抽烟了,信代咳了几下。每咳一下臀部的肉都会抖动。

信代把香烟还给阿治说道:

"再战一回合?"

"你以为多大年纪啊?让我再回味一下。"

"我回味无穷啊……"

阿治汗流不止,起身去取浴巾。擦着汗返回的阿治,发现信代后背上沾着像痣一样的东西,他将脸凑上去。

"你背上有根葱。"

大概是刚才挂面打翻后沾上的,他寻思。

"欸?哪里?"

信代手伸到背后想取走那个葱,够不到。阿治把浴巾放在被褥边上,骑到信代背上,伸长舌头,用舌尖舔了起来。

"不行，痒死了……"

信代身体抽了一下，扭动起来。信代的反应让阿治又一次亢奋，他从背后抱紧信代，连没有葱的部位也开始舔了起来。

这时，外面传来祥太的声音。两人顿时停下手脚，倾听动静。就在身体匆忙分开的同时，祥太口中喊着"我回来了"，已经推开了套廊上的玻璃门。

阿治迅速穿上松紧短裤，抓起刚才的浴巾，飞奔至套廊。

"回来啦。雨好大吧……"

阿治把浴巾披在祥太和凛酱被雨淋湿的头上，不让他们看到信代。

"妈妈也淋到雨了，像个落汤鸡。"

信代急忙将夏天的薄毯裹在头上，装出自己也淋到雨的样子。

"你们干吗？"

祥太交替看着两人问道。

"雨啊，雨，对吧？"

阿治回头冲着信代。

"好吓人的雷声。"

信代配合阿治道。

"听我说呀……蝉……还没有脱壳的蝉……"

凛酱开始报告刚才在球场边上看到蝉的幼虫的事。阿治心不在焉地边听边用浴巾用力为两人擦干头发。

"好了……该洗澡了。快去洗澡。"

阿治推着两人的后背,带他们去了浴室。起居室里只剩下信代一人,她头上披着薄毯大笑起来。

不错。

自己放弃了工作,选择了这样的时间。

好无聊,好傻。等祥太和凛酱他们长大了,告诉他们今天的事。那时候再4个人一起开怀大笑。

我的选择没错。

信代这么想。

晚上，雨突然停了。

洗完澡，阿治在起居室里为祥太和凛酱表演魔术。这个魔术叫作"消失的丝巾"，是将丝巾塞进一只指套里藏起来，其中有玄机，手法要快。这点难不倒阿治，他的手指十分灵巧，足以骗过两个孩子。

阿治嘴里哼着理查德·克莱德曼的曲子，将一条红丝巾卷起来，从打开的手帕正中间塞进去。

"看，看……这条围巾就要在手中变没了。那边的少爷、小姐，请注意看好咯。"

阿治这么一说，两个孩子把脸凑了上来，额头几乎快碰到手帕了。厨房里，初枝和信代难得地在一起准备晚饭。说是晚饭，初枝也只是切着冰西红柿，这是她为自己喝啤酒准备的下酒菜。信代也就煮了点玉米，没有一样是下饭的菜。

"我回来了。"玄关那里十分少见地传来亚纪精神饱满的声音。

"你回来啦。没淋着雨?"

信代回头应道。

"嗯,没有。"

亚纪迎头撞上正端着西红柿盘子朝套廊走的初枝。

望着亚纪兴奋的表情,初枝笑着拍了一下亚纪裸露的肩膀。

"咦?遇到好事了?"

"嗯。"

亚纪坦诚地点头。

"欸……"

初枝惊叫起来。

"等会儿告诉奶奶。"

亚纪碰了一下初枝的胳膊说道。

"是这个?"

阿治竖起大拇指[1]。

---

1 日本人的习惯中,竖大拇指表示男朋友。——译注

"差不多。"

亚纪拉开冰箱取出大麦茶,倒进玻璃杯一口气喝完。

"什么样的男人?"

正在将筷子伸到锅里戳玉米的信代问道。

"店里的客人。"

"帅哥?"

"嗯……"

"欸……什么样的?"

"话不多。"

"啊……还是话少点的男人好,话多的男人不行。"

信代用筷子指着阿治。

"什么?你叫我?"

阿治听着两人聊天插嘴道。

"没叫你。"

"没叫你。"亚纪也附和着信代笑道。

"好了。"信代一说,亚纪端起装玉米的锅子,将里面的水倒入水池。白色的蒸汽在厨房里四散开来。

"下次，我能带他来这里吗？"

"这里？带男朋友？"

"嗯……不行？"

"好不好啊……这里……"

信代想说什么，又打住了。

"啊呀……太帅的男人恐怕我先把他吃了。"

"那好吧，不带了。"

两人开心地笑了起来。

"1、2、3。"

阿治配合着孩子们数数的节奏，边对着手帕吹气，边骗过两人的视线，将指套藏到了屁股后面。

"看……没了。"

"好厉害！"

凛酱吃惊道。

"厉害吧。去哪里了呢?"

端着煮玉米走过来的信代,捡起阿治藏在身后的指套。

"呛呛呛——"

信代将藏在指套里的红丝巾拉了一下,给孩子们看。

"蠢货,住手。"

阿治真的生气了。

亚纪坐在厨房的椅子上看着两人打情骂俏,心想,我下次还是要带"4号客人"回家。

"欸?就这样子啊?"

看出机关的祥太非常沮丧。

"这样子我也会。"

祥太一说,阿治当真了。

"明白了。下面我给大家表演更厉害的魔术。"

说着,他指了指儿童房间。

"凛酱,去把扑克牌拿来。"

"嗯。"

凛酱猛地跳起来，跑去儿童房。看着她的背影，祥太想起白天发生的事。

"今天……别人说别教妹妹学这些。"

"嗯？怎么回事？"

阿治的心思还在扑克牌上，所以心不在焉。

"这个……"

祥太做了一个祷告的动作，在左手上吻了一下。

"谁说的？"

"大和屋的老头。"

"凛酱，找到了吗？就在红盒子最下面。"

阿治又对凛酱叫道。

"在找。"

凛酱貌似找不到扑克牌。

"教凛酱学这个还太早。"

阿治做了一个偷东西的手势，起身走向儿童房间。

起居室里只剩下祥太，他只好一个人把刚刚萌生的"罪恶感"

咽到了肚子里。

榻榻米上，一只孤零零的指套躺在那儿。祥太捡起指套，抓住露出一个头的红丝巾，将它拉了出来。

初枝将蚊香放在自己脚边，坐在套廊上，就着冰西红柿喝啤酒。

"臭老太婆，要感冒的啊！"

说着，阿治手里拿着啤酒也走了过来，在初枝身旁坐下。

"快看……是烟花吗？"

难怪刚才听到了从很远的地方传来的沉闷声响，阿治想。待在屋子里听不清是什么声音，坐在套廊上，来自高层住宅楼另一头的烟花声清晰地传进耳朵。

"隅田川那边……过去每年都去看。有一年遇上一场暴雨，之后就不再去了。"

两人抬头望着没有烟花的天空。

"能看见？烟花？"

信代问。她和祥太用凛酱找到的扑克牌玩起了"神经衰弱[1]"的游戏。

"只听得到声音。"

阿治回头冲着起居室说。

"只有声音啊?"

祥太手里拿着玉米说。

"我玩过连放的烟花,叫'〇〇先生'的那种。当时我丈夫投准大豆赚了一大笔……"

初枝将啤酒倒进杯子里喝着,又开始夸耀起自己的过去。阿治已经听过无数遍了。

"是吗……好奢侈……"

若在往常的话,听初枝讲她那些不知真假的老故事,阿治只会用鼻子冷笑几下,今天却不想调侃。

"柴田治先生。嗖……嗵……噼里啪啦……"

---

1 日本的一种纸牌捉对游戏,非常考验记忆力,故取名"神经衰弱"。——译注

听初枝说着,阿治嘴上开始放自己的烟花。今天是特别的日子。

"放上去了吗?"

初枝坐在旁边看着阿治开心的侧脸。

"啊啊……连着放的没有。单发的上去了。"

"是吗,恭喜你……"

"啊啊……值得庆祝。"

此刻,烟花的声音比刚才更响了。

"好啦,差不多结束了……"

"快结束了?"

信代问。她这么一问,大家都聚到套廊上来了。

"过来过来。"阿治招呼凛酱。凛酱用一次性筷子戳着玉米,边啃边坐到了阿治的膝盖上。

"什么都看不见。"

亚纪说着笑了。

"就声音,就声音。"

阿治也笑了。

6个人如同游在漆黑海底下的鱼抬头望着照射在水面上的阳光那样,注视着高层住宅那头露出来的一小块夜空。

开始长穗的稻子宛如白浪在风中摇曳,好似一大片水面。列车穿过隧道,行驶在海面般的田野上。

祥太站在火车头的最前端,吃着煮鸡蛋。

大人们手里拿着炸鸡块,早早喝起了啤酒。凛酱脱下新凉鞋,半蹲在信代身边望着车窗外。

"汽车……邮筒……小河……自行车……"

凛酱将进入视线的东西一一说给信代听。

"还有呢?"

"还有云彩,像鱼。"

凛酱指着天空。

"真的,像鲸鱼。"

信代抬头看天空。

"鲸鱼。"

"还有呢?"

"铁路。"

"那边呢?"

"好像看见了晴空树。"

"看见了。"

这是全家第一次去海边。

生活并没有变得富裕起来。信代还没有找到工作,阿治不想外出干活儿。亚纪虽然有工作,但有了恋人,依然不给家里交生活费。

最近,大多数商店都装上了防盗摄像头,祥太能下手的店铺在一天天减少。固定收入只有初枝的养老金。即便这样,看着孩子们穿着新买的泳衣泡在浴缸里,把游泳圈吹得鼓鼓的,初枝自己提出去海边玩一次。

"今年没准是最后一次机会了。"

信代也觉得明年夏天也许亚纪就和恋人同居了,所以也赞成初枝的提议。

在终点站下了车,坐上大巴。一路上喝着啤酒的阿治,等到抵达海边时,已经有了些醉意。

日光照射下的沙滩,闪着煞白的光芒。踏上沙子的瞬间,祥太和凛酱喊着"烫、烫",跳着双脚,径直向海边冲去。

"危险啊!"

亚纪追着两个孩子也跑了起来。

阿治和另外 5 人分开,向沙滩的另一头走去。他环视着四周。

阿治发现身边铺在地上的塑料垫上只留着遮阳伞和包,主人不知是去了海水浴,还是在海洋之家吃刨冰,不见人影。阿治确定主人不在后,拔起插在沙子上的遮阳伞就跑。

"给,遮阳伞来了。"

阿治说着,把遮阳伞插在大家屁股底下的塑料垫边上。

"这样的话就不会晒到太阳了。"

初枝说着,抬头看看遮阳伞,她不知道是偷来的。

187

"是吧，必须对老年人好一点啊！"

初枝想，车费和买啤酒的钱都是自己出的，阿治一定也想分担一点。大家坐在塑料垫上，开始做海水浴的准备。

亚纪脱去上衣，往身上涂防晒霜。正在为游泳圈吹气的祥太，用白白的胸脯抵住游泳圈。

"祥太，快把它吹起来啊！"

阿治脱下夏威夷衫，身上只剩一条海滩裤。

"嗯！"

祥太深深吸了一口气，又专注地吹起气来。

海边聚集了众多冲浪的游客，一到了海面上，周围立刻变得十分宁静。

阿治和祥太漂浮在脚尖够不着水底的波浪间，等着大浪袭来。

"祥太，你喜欢女人的咪咪？"

阿治在祥太背后问。

"不知道……"

祥太支吾道。

"撒谎。刚才看到你了。"

(被发现了……)

忽然害羞起来的祥太一声不吭。

"用不着害羞……男人都喜欢咪咪,老爸也超级喜欢。"

阿治说着安慰祥太,祥太也笑了起来。

"怎么样?最近早上醒来有没有变大?"

阿治摸了一下祥太的裤裆。

祥太扭了一下身体,逃开阿治的手。

"有吧?"

"大家都变大吗?"

祥太回头望着阿治。

"大家都那样。男人都会变大。放心啦!"

"嗯。还以为我生病了。"

祥太不好意思地答道。

阿治发育得晚，发现自己身体发生变化是在上了中学之后。那时，父亲已经不在了，也没有可以问的朋友。

阿治很想有一天和自己儿子聊这样的话题，所以今天他尝试了一下。

亚纪和凛酱手牵手站在沙滩上。每当潮水涌上沙滩，凛酱便向后退一步，她不愿让海水打湿自己的脚。

信代和初枝悠闲地坐在阿治盗来的遮阳伞下望着大海。

"凛酱笑了。"

吃着玉米的信代说，初枝也凝神听着。

"嗯，真的呢。"

"一根玉米500日元，这要赚多少钱？"

信代埋怨着，不买又抵挡不住诱惑。信代一直爱吃玉米，尤其对这种洒上酱油烤出来的玉米毫无抵抗力。

信代问初枝："吃吗？"

"咬不动。"

初枝说着,张开大口让信代看。说的也是,玉米没法舔着吃。

"我说的不错吧?"

信代说道,她的视线不在初枝身上。

自己做出的选择,才能建立更牢靠的羁绊,信代深信这一点。初枝马上意识到,她在表明要把凛酱像女儿那样抚养长大。

"不会很久的……"

这种幸福不会长久持续下去,初枝冷静思考过。

"话虽不错……可是你不觉得……不是血亲关系不也有不是血亲关系的好处吗?"

信代似乎更相信这一点。

这孩子和谁都不存在血亲关系,所以信代只能这么想。初枝不想再更多地否定信代内心怀着的希望。

"还是不要有太多期待吧……"

这种关系和血脉相连相反,有时你会忽然发现,以为过去早已结束的感情,只是藏在内心深处的某个角落了。

这一点,初枝已经在对前夫和他家人的嫉妒上清楚地体会到了。

　　血亲关系，是一件非常麻烦的事，初枝想。

　　信代听初枝这么说，露出了凄楚的笑容。

　　（你如果把我当女儿来期待该多好，哪怕只有那么一点点。）

　　信代心里想着。

　　初枝注视着信代的笑脸。

　　"大姐，仔细看的话你挺标致的。"

　　信代吃了一惊，望着初枝。

　　"什么意思？"

　　"你的脸蛋儿。"

　　初枝眯起眼睛笑了。

　　初枝觉得，信代说起这个家的话题时真的有些像表情温和的菩萨。

　　"我去一下。"

　　大概有些害羞，信代从初枝身上移开视线，走向海滩。

坐垫上只剩下初枝一个人。她看到了自己搁在沙子上的脚。皮肤白皙而松弛的脚，上面有很多老年斑。

"哇啊，好多斑……"

初枝情不自禁嘀咕道。她用手掬起被阳光晒得滚烫的白沙，盖住自己的脚。白沙顺着小腿往下滑。耳边传来回到海滩上的阿治的大笑声，初枝抬起头来。

太阳钻进云层里，天色顿时阴沉了下来，初枝后背感到了凉意。

信代也加入了进去，5个人手拉着手等待浪头迎面袭来。看着他们的背影，初枝轻声念叨。

"谢谢你们。"

可是初枝的声音被浪涛和5人的笑声掩盖住了，没有一个人听见。

第五章

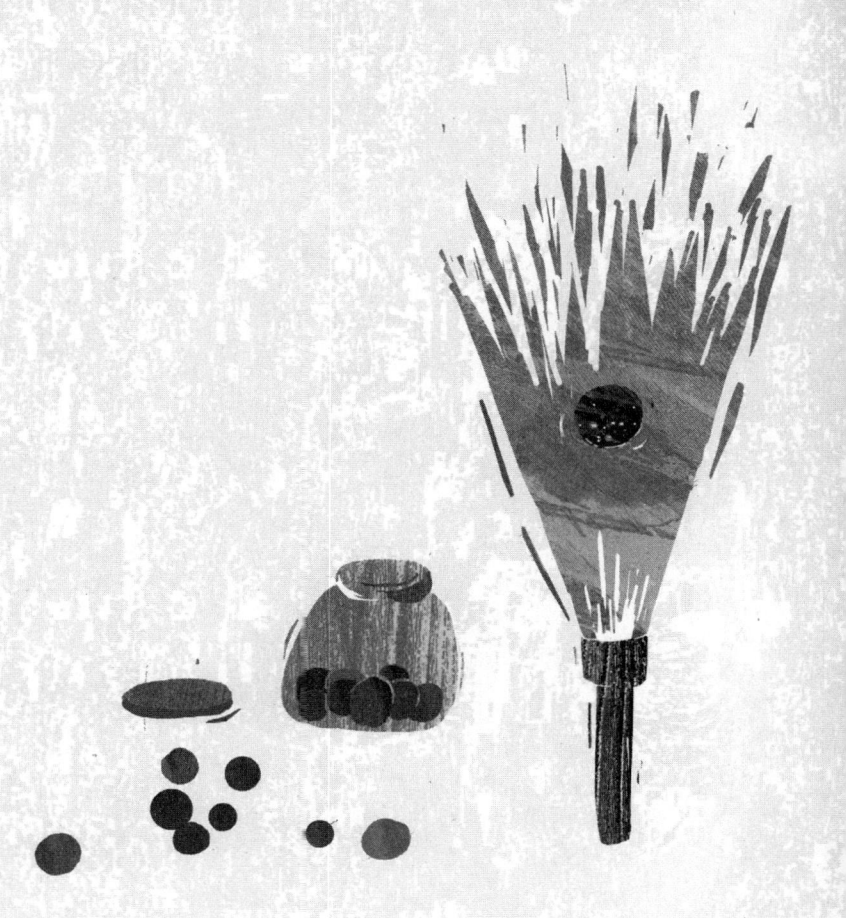

弹珠

ビー玉

凛酱醒了，嘴巴里有种不舒服的感觉。她的枕边放着一个带盖子的玻璃瓶，里面装着之前去海边玩时捡回来的贝壳，还有祥太送给自己的领带扣。这些都是凛酱的宝贝。

凛酱起身，敲了两下睡在自己身边的信代的手臂。可能是因为昨晚太闷热了，信代没睡好，这会儿一点儿没有要醒来的意思。阿治的呼噜声打得震天响。凛酱起身走到壁橱前，用力打开推拉门。

祥太吓得跳了起来。

"别吓人！"

凛酱把手伸到祥太跟前，打开手掌。

"我牙齿掉下来了。"

"牙齿？"

祥太吃了一惊，凑近凛酱的手。凛酱手掌上有一颗小巧的白牙齿。祥太抬头看着凛酱的脸，凛酱张开嘴巴，舌头从掉了门牙的缝隙中伸出来。

祥太叫醒阿治和信代，决定将掉下的牙齿扔到屋顶上去。他从凛酱手中接过牙齿，去厨房搬来一张凳子放在套廊上，爬了上去。

"老天保佑凛酱长出结实的白牙！可以扔啦！"

阿治这么一说。"知道啦！"祥太回答。自己掉牙的时候也这么扔过好几次。下面的牙齿扔到屋顶上，上面的牙齿扔到屋檐上。也不知道是什么人定下的规矩，没有什么规矩的这个家庭，却严格遵守着这样的习俗，并照章办理。

祥太和凛酱异口同声祈祷："老天保佑凛酱长出结实的白牙。""牙"的声音一发出，牙齿扔了出去。

此时，佛堂那头传来亚纪的喊声："奶奶起床啦！"

"奶奶……起床啦……奶奶……"

从亚纪的语调上，祥太意识到发生大事了。

阿治跑向佛堂。信代也起身跑向初枝的房间。

"奶奶……奶奶……不好了……奶奶她……"

从凳子上跳下来的祥太，手放在凛酱的肩上，站在起居室和佛堂中间的门槛上望着躺在被窝里的初枝。

"亚纪，电话。打110……"

阿治接过亚纪的手机。

"不，119吧……是哪个？"

"救护车？119！"

祥太冲着惊慌失措的阿治道。

信代跑到初枝身边，仔细察看初枝的脸，冷静地夺过阿治手上的手机，挂断了。

"干什么？"

阿治吼道。

"已经死了。看她的脸色，不会醒了……"

阿治又看了一下初枝面无血色的脸。

"叫救护车的话……"

信代拍了一下阿治的头。叫救护车的话，一家人的秘密便会全部暴露。

亚纪坐在枕头边上，一直在叫奶奶。她似乎还没有完全明白发生了什么。

"没办法……这种事情都会轮到的。"

信代说着，在亚纪的背上"砰砰"拍了两下。

亚纪守候在初枝枕边不愿离开。阿治在起居室里心神不宁地来回走动。

"葬礼怎么办……火葬场吗？"

"没那么多钱。"

信代一屁股坐在房间中央的矮脚桌上，对阿治说。

"可是……"

阿治看着信代，眼睛里写满想从信代那里得到答案的表情。

"让我们多陪陪奶奶吧。奶奶也一定很寂寞。"

阿治不明白信代想说什么。

信代回头看着佛堂后面的儿童房间。

"欸？"

阿治忽然明白了，信代的意思是"埋掉"。

"可是……"

"凛酱也一定不想和奶奶分开吧？"

"嗯。"

信代摸着凛酱的头，凛酱乖巧地点了点头。

"那好，大家齐心协力一起加油吧，就在这儿。也替奶奶加油，好吗？"

信代特意把"就在这儿"四个字说得很重。

阿治默默地点点头。

大家把当储藏室使用的儿童房间里的东西搬到了起居室。

拆下两张榻榻米，用锯子锯掉支撑在下面的两块木头，露出了泥地。

脱得只剩一条短裤的阿治，站在那儿用铁锹挖地下的土。信代和祥太负责把挖出来的土装进桶里，运到起居室，倒在摊开的塑料垫上。

这是最近才用过的塑料垫。祥太看着塑料垫的条纹被土一点点地盖住，开始悲伤起来。凛酱在祥太他们堆起的土堆上插上树枝，变成坟墓的样子。凛酱明白奶奶死了吗？祥太想。

在来这个家之前和自己一起生活的"面筋奶奶"住在天堂，凛酱说过。

祥太并没有确认过"面筋奶奶"死时凛酱是不是在身边，但他觉得凛酱很清楚马上就要和奶奶永别了。

亚纪从刚才起就一直坐在奶奶枕边，哭着为奶奶梳头。她嘴上嘟哝着什么，祥太听不清楚。

祥太和信代交替着将木桶提到墓穴边上，他刚一蹲下，土已经到了腰间的阿治便招呼他道："你听好了。"

"这里一开始就没有奶奶，我们家里一共5个人。"

阿治注视着祥太的眼睛说着，这会儿他不再是总在开玩笑的阿治，好像是别人家的不认识的大叔。

"嗯。"

祥太应道，视线转到了一边。

阿治和信代两人一起将一直哭着的亚纪从枕边拉开，把初枝埋到地下，盖上土，将榻榻米重新放回原位。

祥太默不作声地看着大人们干活。

"你养的蜥蜴死了，不也埋在土里了吗？和那个一样。"

阿治以为祥太不明白，说着笑了起来。祥太笑不出来。阿治用沾满土的手敲了一下祥太的脑袋，走向浴室。

浴室里，阿治在身上搽上肥皂，将剩在浴缸里的热水往身体上浇。阿治想起了10年前的那件事。

那年也是夏天。那天阿治也像这样洗着身上的泥土。他记得那天和今天一样，金钟儿的叫声透过小窗传进耳朵。正当这些记忆开始涌上脑海时，阿治忽然觉得身后有动静，他吃惊地回过头去。信代拿着浴巾站在浴室门口。

"想不到又干了一次那种事……"

阿治自嘲似的笑道,又用小木桶舀了点浴缸里的剩水浇在背上。

"和那时候完全不同。"

信代似乎和阿治一样想起了那件事。

"说的是啊。换个角度想,老太婆还是挺幸福的。"

"当然啦,比一个人死不知好多少倍。"

两人想起了初枝说的"保险"的事。

"肥皂没洗掉。"

信代从阿治手上接过小木桶,帮他冲洗留在背上的肥皂泡。

信代的手指在阿治背上滑动,"他的皮肤真光滑啊。"她想。不过,她感觉到这种时候说这种话不太妥当,因此没说出口。

"如果我要那什么的话……"

阿治背对着信代说。

"水池下面也行……"

信代明白他要说什么。

虽然信代不能确定，这算是一直以来的恃宠而骄，还是他竭尽全力的爱情表达？不过，信代很满足。

"那个水池不够大……"

信代说，她想就把这个话题当作个玩笑吧。她用围在脖子上的浴巾为阿治擦背，随后在他背后敲了两下，示意可以了。

阿治接过浴巾，围在腰间，逃一般地跑出了浴室。

"把脚擦干，老是湿漉漉的。"

信代冲着阿治的背影喊道。

"知道啦。"

回嘴的声音，又回到了平时的阿治。

一家人翘首以待的初枝的养老金发放日终于来临了。

"我也去。"

信代做着出门的准备，不料祥太自己提出要跟去，于是两人一同出门了。

信代拿着初枝的银行卡在银行的ATM机前排队，祥太在外面等着。

手持信封走出来的信代,将信封放进了手提包。坐在栏杆上的祥太"咻"地双脚落到了地上。

"多少钱?"

祥太凑上前去问道。

"11万6000日元……"

"这是谁的钱?"

"奶奶的啊……"

信代走着,拍了拍装着信封的手提包。

"那……没关系吗?"

祥太确认道。

"没关系啊……"

信代在沿街杂货店门口拿起摆在店头的筷子。她打算为凛酱买一双儿童用的短筷子。

"那,偷东西呢?"

祥太又问道。他想问这个问题,一直在找和信代两人独处的机会。

"老爸怎么说?"

信代也不知道自己是从哪里学来的,就像那些狡猾的父母一样,将话题转移到父母的另一方身上。

"他说摆在店里的东西还不属于任何人……"

信代苦笑了一下。是那家伙典型的回答,他对父母的话也一定深信不疑,信代想。

"差不多吧。只要那家店不倒闭就行了。"

信代支吾着,拿着一排黄颜色的儿童筷子消失在店里面。

祥太对信代的回答不太信服,但他清楚信代不希望自己再问下去。

两人在商店街入口买了弹珠汽水边走边喝。

走过经常买可乐饼的不二家门口时,熟悉的售货员大妈站在门口招呼信代。

"孩儿他妈,买点可乐饼怎么样?当晚饭。"

信代一时不明白她在招呼谁,向四周张望了一下,很快醒悟过来。她一脸"人家叫我孩儿他妈"的表情注视着祥太。

"开心吗,被人叫妈?"祥太问。

"被谁叫?"信代反问。被肉店的大妈叫妈当然没什么高兴的。

"比如被凛酱叫。"

"没被叫过,不知道。"

信代喝了一口汽水,瓶子里的弹珠滚动着,发出好听的声音。

"为什么问这种问题?"

信代把祥太的头发揉乱。

有几个女孩拐出小胡同,她们大概刚从游泳学校出来,将毛巾做成三角形的帽子戴在头上。这些女孩说笑着从身边经过时,祥太闻到一股漂白粉的味道。

"他硬要我叫爸。"

祥太不满地说。

"叫不出口吧?"

"嗯。"

从祥太和阿治约定"很快的"以来已经过了大半年,祥太还没有叫过阿治一声"爸爸"。

"这没什么大不了。"

信代看祥太的表情很苦恼,笑道。

"不用介意。"

说着,信代打了个嗝,大笑着迈开步子。凛酱、祥太也从没有叫过信代一声"妈妈"。和阿治不同,信代从不提这事,所以祥太在她面前倒没有心理负担。这下祥太心里轻松了下来。

喝完饮料,信代和祥太在水泥墙上敲碎瓶子,从里面取出弹珠。

回到家,祥太立刻把弹珠放进壁橱里,并用头盔上的小灯泡照弹珠。

弹珠里有几个很小的气泡,祥太想起夏天全家一起去海边玩的事。

纸拉门打开了,凛酱走进壁橱,坐在祥太身边。

"能看见什么？"

"大海。"

祥太说着，将弹珠送到凛酱跟前。

凛酱将脸凑近看弹珠。

"太空。"

凛酱说。

"太空？"

凛酱这么一说，祥太又看了一下，气泡看上去的确像星星。

此时，佛龛上的铃声响了一下。和初枝过去做的一样，信代将银行的信封放在佛龛上，双手合十。

"奶奶好棒……死了还帮我们……"

传来信代的说话声。

"真正帮我们的是爷爷。"

阿治正在儿童房间翻东西，地底下埋着初枝。

阿治怀疑初枝把钱藏在这间房间里。只是初枝的戒备心很强，假如趁她不在家翻箱倒柜寻找的话，一旦被察觉，恐怕她一不乐意就不再把养老金用作家用，阿治出于这种考虑才没有动手。

现在，初枝已经躺在地下的泥土里了，阿治才能放心大胆地寻找。

翻过橱柜后，接下来的目标是写字台。写字台前放着火炉，看上去不太自然。抽屉只能打开一条缝。阿治用力将抽屉拉开一半，里面有一个黑颜色的小盒子。阿治凭直觉感到蹊跷，他移开火炉，取出小盒。

打开盒盖，里面是初枝的假牙。

"哇哦！"

小盒差点掉到地上。阿治刚想将它扔进垃圾箱，忽一转念，已经不用的假牙为什么要藏在抽屉里？

阿治寻思着，开始仔细端羊这个小盒子。假牙下面铺着报纸，报纸下好像有折叠起来的信封。他尽量避免碰到假牙，翻开报纸。

信封中果然有钱。

3张1万日元纸币。

阿治取出一叠信封走到信代身边。

"找到了，找到了。老太婆果然藏着私房钱。"

两人一个个地打开折叠着的信封开始数钱。

听到阿治的说话声，祥太跑出壁橱。

"1、2、3……4、5、6……7、8、9……"

两人的声音越来越响，并开始跺脚。

"都是3万。不知是什么钱。"

"别人给的吧……管它呢，反正是钱。"

祥太看着两人的身影，将拿在手里的头盔扔到壁橱里。黑色头盔撞到壁橱墙面发出很大的声响，两人好像都没听见。

"跟我出去转转。"

阿治说，祥太无奈地换上外套。

两人很久没有一起出门了。过去无论去哪儿都是两人一块儿，最近祥太一个人躲在停车场废车里的时间多了起来，出门也几乎不带上凛酱。

"去哪儿?"

"柏青哥。"

阿治好像脑子里有什么鬼主意,露出了坏笑。

阿治已经完全掌握了初枝在柏青哥里盗窃的那一套。他应该没有资金,祥太想。

祥太不喜欢柏青哥。祥太听力太好,一些极其微弱的声音他都能分辨出来,但在柏青哥这种地方,巨大的噪声来自四面八方,反而什么都听不出来,脑子会变得一片空白。有一次跟着初枝来柏青哥,戴上初枝的耳塞他才勉强安下心来。今天耳塞都没有准备。

抵达柏青哥,阿治没有进店门,通过立体停车场的楼梯跑上2楼。他察觉出祥太一脸'来干什么'的表情,回身对着祥太,从口袋里掏出铁锤模样的东匹。

"看!"

"这是什么?"

"破窗器呀。"

听到这个词,祥太有印象。

"哪来的?买的?"

"傻瓜,怎么可能买。"

阿治笑了起来,好像在说祥太净说傻话。

"学着点儿。"

说着,阿治开始一台一台地观察小轿车。他透过车窗,看副驾驶和后座上有没有值钱的东西。

祥太跟在阿治身后,保持几步距离。

"我说……"

"什么?"

阿治没有回头。

"这些……不是别人的东西吗?"

怎么看这些东西都和"不属于任何人"的店里的商品不一样。阿治没有理会祥太的问话,继续往车厢里看。看来没什么像样的东西,阿治叹了口气,回头望着祥太。

"所以呢?"

阿治脸色丝毫不变地问祥太，表情似乎在责怪他"事到如今装什么正义"。

祥太第一次觉得阿治这种人有些可怕。

"你也来试试？"

阿治马上又变回到原来的语气，冲祥太挥了挥破窗器。

"……"

祥太不知为何觉得特别难过，视线从阿治身上移开，低下头。

阿治又笑了起来。

祥太忽然转过身体，独自走向刚才上来的楼梯。

"喂！"

阿治在身后喊他。

"你怎么啦？"

阿治有些生气。

"好吧，你就在那儿守着。"

阿治指了一下楼梯。

祥太只好守在楼梯口，看着有没有车主上来。在夏日阳光的照射下，脚下的水泥地散发着滚烫的热气。

柏青哥屋顶对面能看到白色的供水塔，外形犹如两条细腿上长着一颗硕大脑袋的外星人。祥太忽然想到，假如爬到那个塔上，躺在它平顶的脑袋上会有多开心。

此时，传来了玻璃被打碎的声音。

祥太循着声音的方向望去，阿治正从红色轿车的后座取出一个上面印着大写的罗马拼音的包。

阿治把包抱在怀里，脚下以前所未有的速度冲祥太跑来。

祥太吃惊得身体僵在那里一动不动。

阿治嘴上怪叫着，从祥太面前跑过，两步并一步地跑下楼去。

回过神来的祥太也追着阿治的背影跑了下去。

跑过1楼的停车场，身后传来开门的响动，柏青哥店堂里的噪声传了出来，祥太不敢回头看。

"果然厉害……这家伙！"

阿治边跑边举着破窗器给祥太看。

"那时候……"

祥太没有搭阿治的话,他问道。

"……嗯?"

"救我的时候……"

"啊?"

"那时候……也是想偷东西吧?"

阿治对祥太露出了无力的笑容。

"傻瓜,不是的。那时候就是想救你。"

阿治像每次完成"工作"后那样伸出拳头,祥太没有看那只拳头。

"怎么啦?"阿治拍了几下祥太的肩膀,走远了。祥太站在那里,目送阿治的背影。

祥太讨厌柏青哥,除了噪声外还有一个理由。

那是夏天一个暑热的日子,祥太身上扣着安全带坐在车里。是后座。身边有一个塑料瓶,他打开喝了一口,是热水,放弃了。

远处，从柏青哥的店里时断时续地传来噪声。

此时，响起了车窗玻璃被敲碎的声音，破洞里露出一张脸来，是阿治。

阿治解开祥太身上的安全带，把他抱了起来。

这是阿治一次又一次告诉祥太的两人相遇的故事。并且，这个故事也已经成了祥太自身的记忆。祥太对此一直心存感激。

因此，当阿治救出凛酱时，祥太想起自己也是这么得救的，尽管这是个没出息的"父亲"，但祥太讨厌不起来。可是现在，望着撇下自己落荒而逃的阿治的背影，祥太觉得两人相遇的记忆在一点点变质。阿治打碎车窗不是为了救自己，而是想偷东西，只是自己碰巧就在车里，不是吗？

不就是这样吗？祥太没有追赶阿治，呆立在马路中央，目不转睛地凝视着自己的手掌。

这天之后，祥太再没和阿治一起出门"工作"。

祥太像往常一样在停车场的废车里用锉刀锉着螺丝，"口渴了。"凛酱开口道。

没钱。两人什么都没想,直接向"大和屋"跑去。

在阵雨般的蝉声中跑得满头大汗的两人抵达"大和屋"时,"铁将军"把门。

玻璃窗上贴着一张纸:"居丧中。"

"……中。"

祥太不认识难读的汉字,但他看明白了,这家店发生了什么不好的事。两人从窗户外向店堂里张望。老是摆在店门外的棒球游戏机孤零零地放在昏暗的店堂里。

"休息?"

凛酱问。

"唔……大概倒闭了……"

祥太想,可能因为我老在这里"工作",所以它倒闭了。离开店铺,和凛酱沿河边走,祥太想起了那个大雨天见到的蝉的幼虫。那只幼虫是否顺利变成了蝉?会不会突然翅膀淋到雨飞不起来了?也许最后还来不及变成蝉,就死在蚂蚁的包围圈中了?

两人走到附近名叫"堺屋"的超市。

"今天我一个人干……你就在这里等着。"

"……"

祥太交代完凛酱，一个人走进超市。

超市里的店员人数好像比平时多。但这里没有防盗摄像头，货架也高，有不少死角。

这家超市很容易下手。可是"大和屋"的事情依然留在脑子里挥之不去。祥太只是在店里绕着圈子。

他一抬头，忽然发现凛酱站在摆满点心的货架前。

她没有听自己的，还是进来了，祥太想。凛酱站在点心货架前，学祥太的样子转动手指，她在祷告。

"喂！"

祥太大吃一惊，开口叫凛酱。

凛酱猛地回了下头，用手抓起巧克力，使劲儿塞进口袋。手里拿着商品管理文件夹的店员，站在祥太和凛酱中间。撇下凛酱马上逃跑的念头在脑子里闪了一下后,祥太改变了主意,他用两只手"哗"地推倒堆成小山一样的罐头,抓起装在纸袋里的橙子抱在怀里,径直向门口跑去。

"别跑!"

两个店员匆忙追了上去。

祥太抱着橙子跑。

店员在身后穷追不舍。

穿过住宅小区的建筑群,祥太沿着河边跑。他事后想,自己也不是想吃橙子,扔下橙子不是能跑得更快吗?但这会儿压根儿来不及想。

过了桥,跑到河对岸,刚向右拐上斜坡,从前方绕过来的店员迎面挡住了去路。祥太无路可逃。

电车在河上疾驶。祥太趴在坡状的栅栏上往下看,栅栏的高度和公园周边的围挡差不多。这点高度没问题,祥太想,过去也翻过。

祥太手里抱着橙子,越过栅栏跳了下去。店员"啊"地叫了起来。他没料到祥太会往下跳。落地失败的祥太倒在地面上。除了痛,栅栏比想象中高一大截,这更把他吓得不轻。

　　他想站起来,右脚不听使唤。他看见撞到栅栏上后冲破口袋飞出去的橙子在马路上打滚。他的意识逐渐远去,祥太觉得这些橙子橘黄的颜色真好看。

　　祥太被救护车送到了医院。

　　警察很快来到祥太的病房了解情况。一共来了两人,一个是和信代年龄差不多的女警官,另一个是二十多岁的男警官。

　　询问以自称前园的男警官为主。

　　"你住哪儿?"

　　"车里。"

　　"车里?"

　　"嗯,车在河边的停车场里。"

　　"一个人?"

"嗯。"

"不是和这家人住在一起？"

男警官取出一张照片给祥太看。照片上是熟悉的一家人。

祥太摇摇头。

祥太决心保护全家。年轻男警官似乎明白祥太的用意。

"你想保护什么人吗？"

祥太低着头，视线始终落在受伤的脚上。他的右脚用石膏固定着。

医生说骨折加上严重扭伤，大概需要半年时间才能痊愈。

自称宫部的女警官开口道：

"我们赶到你家里时，那些人已经收拾好东西准备逃走。撇下你。"

祥太抬头看着女警官。他的眼睛里充满对大人的不信任，宫部想。

"真正的家人不会那么做，对吧？"

祥太的视线重新回到自己的脚上。

现在，家里人怎么样了？

凛酱被抓住了吗？祥太想知道，可他忍着，不能问。

祥太觉得这个名叫宫部的女警官不会对自己说真话。

凛酱坐在会议室的椅子上。她用蓝颜色的蜡笔在她的美术纸上画大海。

海滩上，黄头发的凛酱和祥太、信代、亚纪，还有留着胡须的阿治，大家手拉手在一起开心地笑着。

手里拿着橙汁走进会议室的宫部和前园，在凛酱跟前坐下，看着画。

"好漂亮的色彩啊！"

凛酱看着宫部的脸，身体变得僵硬起来。

"天气真好。"

凛酱的画上画着火红的太阳。

"树里酱。"

宫部叫着凛酱的真名。

"几个人一起去海边的？"

"5个人。"

凛酱看到受伤的祥太被救护车送往医院，便拼命跑回家，把这一情况告诉了阿治。赶到医院的阿治，将自己的名字和地址告诉了守在祥太身边的警官。

他和来医院接人的信代回了趟家，收拾好行李，正准备从后门离开时遭到了逮捕。

"听好了。有人问奶奶的事，一定要说不知道。"

收拾行李时阿治吩咐凛酱。凛酱记住了阿治交代的话。

"大家都玩些什么呢？"

前园问凛酱。

"跳水。"

凛酱回答。

"玩跳水啊！"

男警笑了，好像在说玩得很开心吧。

"这时候奶奶不在吗？"

女警官问。说话语气像保育园的老师那么温柔，可她的眼睛没有笑。

凛酱嘴巴闭成一条线，似乎在心里下定决心"不能松口"。她不再看女警官的脸。

一家人在不同的房间接受调查。

被逮捕时，阿治穿着廉价的蓝色夏威夷衫。只有出门游玩时才穿的衬衫，和这种严肃的场合极不相称。

"不是，不是诱拐。看到她饿得不行，信代就……带她回家了……不是强迫的……"

"那是什么时候？"

和对祥太说话时不同，前园严厉的语气完全变了一个人。

"今年2月……"

"这种行为就是诱拐……"

"不不……我也这么说过……那家伙说……又没有要赎金，我们是保护她。"

阿治按照信代交代的说法说。

这是两人在收拾行李时约定的。

把所有的事推到信代一个人身上。

信代一定早就下了决心，到了这一天就这么做。

她要一个人承担所有的罪名。

"啊？他们是杀人犯？"

亚纪坐在会议室的椅子上大吃一惊。

"你不知道就和他们同居。"

官部故意装出十分诧异的模样追问道。

亚纪轻轻点头。

"男的真名叫榎胜太，女的真名叫田边由希子。"

听到"胜太"这个名字，前园的视线落到自己手账上，在"祥太"的名字旁边写下"胜太"两个字。

"他们……杀了谁？"

"前夫。用菜刀杀死后埋卓了。应该是情杀吧。"

"……"

"两人就是这种关系。"

"……"

亚纪确实也想过,他们一定共守着只属于他们两个人的深不可测的过去,她觉得其中一定有超出男女情感的"什么东西"在起作用,但她从未意料到竟是这种情况。

初枝死的时候,亚纪坐在初枝的枕头边上不知所措,是信代马上承担起了家庭主心骨的责任。她果断决定埋掉尸体,这是为了守住这个家而不得不做出的选择。对信代的决断,亚纪甚至十分钦佩,但没想到两人以前也做过同样的事。

亚纪对自己的天真幼稚感到愕然。

"那是正当防卫。不杀了他,我们两人都会被他杀了。"

信代对坐在自己跟前的宫部生气地说道。

"不错,判决书上是这么写的。"

宫部其实清楚这件事,却故意隐瞒亚纪。判决书上认定,为了从一喝酒便对信代实施家庭暴力的丈夫手下解救信代,阿治夺过菜刀刺向信代的丈夫,因而判决缓行。

"和这次的事情有什么关系?"

"为什么逃跑?"

受到信代反驳,宫部也发怒了。

"没逃跑啊,只是准备去医院。"

面对不承认自己罪行的信代,宫部发誓决不原谅这样的母亲。

树里的父母两人并肩从小区的楼梯上走下来站在信箱前,被电视台记者和报刊记者团团围住。

"树里酱现在情况怎么样?"

女记者用充满担心的语气问父亲北条保。

"嗯……应该是安下心来了吧,昨天睡得很香……"

北条保生硬地回答。他穿着黑西装,戴着领带。

为了接受今天的采访,他好像特意理了发,但从他刮得很细的眉毛上就能轻易想象，他平时的打扮应该与今天不同。

"北条希女士，树里酱昨天吃了什么？"

貌似电视台女记者模样的人问道。

"……她最喜欢吃的蛋包饭……"

每当树里的母亲北条希将握在手里的手帕举到鼻子底下时，竭力想抓拍眼泪的照相机便不断亮起闪光灯。

"是您做的饭吗？"

"是……是我做的。"

"请父亲说一两句，有什么话要对犯人说的吗？"

"绝对不原谅……孩子有什么错，竟然下如此黑手……"

"为什么失踪两个月都没有报警？"

刚才的记者连珠炮似的发问。在她的节目中，评论员重复了多次父母亲很可疑的言论。北条保大概清楚这个记者的用意，他的眼神变得凶狠起来。

"那是因为……我们以为犯人会联络我们……要求赎金。因为我们接到很多无声电话。"

变回树里的凛酱，耳朵贴在玄关的门上，父母亲的谈话声听得一清二楚。

时过半年回到自己家，这里还是老样子，但树里觉得好像是来朋友家玩儿。她把在那个家里放在枕头边上的瓶子抱在怀里，里面装着宝贝。那个家里为她买的衣服和鞋子，还有最喜欢的泳衣，都被母亲扔掉了。只有这个装满宝贝的瓶子，树里无论如何不愿放手，北条希无奈只好死心了。

打开玻璃瓶的黄盖子，就能闻到大海的气味。

树里回到了父母身边，诱拐少女之事便暂告一个段落。

世人和警察的兴趣以及关注点转向了初枝的行踪。

"那是因为……奶奶说想和我一起生活……是奶奶提出的。"

被宫部问到在那个家里生活的理由时，亚纪这样回答。

"但那不是出于善心吧？"

"欸？"

"她去夺走自己丈夫的家人那里拿了钱。"

为了理解宫部的这句话，亚纪费了点时间。

"奶奶拿钱了？从我父母那儿？"

宫部发现内心开始变得不安的亚纪的手背上有无数条血丝，好像在墙上碰撞过。

"给钱了，每次去你家。"

初枝为什么希望和亚纪一起生活？宫部无法理解。能够想到的，也只有为了折磨对方或出于金钱的目的。犯罪动机，最终不外乎这些。

宫部对人类的评价就是这么冷冰冰的。

"我父母……知道我和奶奶生活在一起吗？"

"他们说不知道……"

他们一定知道。知道了，反而觉得终于摆脱了自己。这已经不重要了，亚纪想。只是，初枝隐瞒了这一情况，这对亚纪是个打击。

"奶奶只是为了要钱吗，并不是为了要我？"

信代与阿治的"关系"，自己与奶奶的"关系"，也许都和我所相信的那种关系不一样。在那个家里所发生的一切，或许全都来自于我最讨厌的大人们的算计。

亚纪似乎从梦中醒来，她抬起头来。双手交叉在胸前的宫部注视着她。

"奶奶现在在哪里？"

柴田家一家6口人生活的房子外面围上了蓝色塑料布，警察对里面进行了实地搜查。黄色警示带外围挤满了看热闹的人。周围高层住宅楼里的人站在阳台上，像俯视水底一样向那栋房子张望。迄今为止被遗忘、被佯装不见的这个家庭里的人和他们的家，一下子将人们的视线聚集到这里。记者站在摄像机前进行着实况播报。

"初枝女士的尸体被埋已经过了几周，包括他杀的可能性在内，警察正在进行深入调查。装扮成家人住在这里的人，究竟怀着什么目的聚集在一起，迄今为止还是个谜。"

由于在地板下发现了初枝的遗体，社会舆论对信代变得更加不利。虽经解剖也没找到他杀的证据，可是信代隐瞒了初枝死亡的事实，防盗摄像头录下了信代从初枝银行账户提取养老金的身影，因此她有口难辩。

对信代而言，无论是诱拐、遗弃尸体还是骗取养老金，她一开始便没有打算把责任推给别人或隐瞒什么。所以一被问到，她就说出了所有的一切。但从官部的角度来看，信代的态度完全是在抵赖。

"你的意思是你一个人干的？"

"是的。"

"挖和埋都是一个人……"

"对，全部是我一个人干的。"

"遗弃尸体是很重的罪名，你知道吗？"

"没有遗弃。"

信代低声说。

官部感觉到信代的语气里充满抵触。

"怎么不是遗弃？"

宫部尤其讨厌信代这种缺乏罪恶感的罪犯。

信代也极其厌恶宫部这种标榜正义，审判别人，对人进行道德说教的人。

"是我捡回的。"

宫部不明白信代想表达什么。

"我捡回了别人遗弃的东西。遗弃者另有其人，不是吗？"

你说我们究竟遗弃了谁？我们和被儿子夫妇抛弃的初枝一起生活，让没有去处的亚纪住在一起，保护了祥太和凛酱，如果放任不管的话，他们有可能就不在这个世上了。如果说这是犯罪的话，那么遗弃他们的人不是更加罪孽深重吗？

信代直视宫部。

（反正你也不懂。）

信代心里说。

接受审讯的阿治看上去睡眠不足，络腮胡子长长了，头发也乱蓬蓬的。

"目的?"

目光空洞的阿治,重复着宫部提的问题。

"对,目的。那么多人住在你家里的理由。有什么犯罪计划?"

宫部问道。阿治忽然想起和信代谈起过拆了那栋房子建高层住宅的计划。用房租养家糊口不是犯罪吧?

"啊……"

阿治抬起头来。初枝和我们生活在一起的目的很明确,他想。

"……奶奶买了保险……"

"保险?什么保险?"

前园问。

阿治本想半开玩笑地说出自己突发奇想的"送终保险"这个名称,不过,可能会惹恼眼前这个女人,想到这里,阿治决定不说。

"没什么,不能说。"

问阿治什么,他都不得要领,闪烁其词,让前园也十分恼火。

"教孩子们偷东西,你一点不感到愧疚?"

前园就像教训干了坏事的学生。

"我……其他教不了他们什么。"

对于完全缺乏道德感的回答,同样身为父亲的前园按捺不住满腔怒火。

"所以呢……"

教育孩子什么是对的、什么是错的,不是父亲的责任吗?

可是,眼前的这个男人不但诱拐了儿童,而且戴着父亲的面具教他们犯罪。前园深感被这样的男人带回家抚养的少年祥太是多么可怜。

"为什么给孩子起名祥太?"

前园问道,这是他心中一直有的疑问。

"那是你的真名[1]……"

阿治似乎突然回过神来,吃惊地看着前园。

"那是……"

---

[1] 日语人名中,"胜太"和"祥太"发音相同。——译注

说了两字,阿治哽住了。前园强忍着,等待阿治继续说。阿治想说什么,但最终不知自己该说什么。

已经是到了傍晚穿短袖都能感到凉意的季节了。医院3楼有一个不大的露台,护士推着轮椅,身穿睡衣的病人在晒太阳。从病房可以看到蜻蜓在那里飞舞。

祥太和来探望的前园面对面坐着,透过玻璃看着风景。前园已经是第5次来医院了。只有最初的两次是让双方都觉得紧张的审问式的调查。当前园了解到祥太和不良少年不同,他有正义感,所做的事都是为了保护家人,就是现在还在担心着树里,态度便有了三百六十度的转弯。

我要让这个少年回归正常人的生活。

他想。

听说祥太喜欢钓鱼,前园今天特意去书店买了钓鱼的入门书。

祥太手里拿着前园的警察手账,对比上面的照片和真人。

前园故意凶巴巴地皱起眉头,做出证件照上的表情。

"是高层吗?"

虽说是警察,祥太的心里已经开始对几次来看望自己、犹如亲切大哥那样的前园放下了戒心。

"两层的独栋楼房……"

"欸……独栋的啊。"

祥太想起了一家人居住过的荒川区的家。

"那里有6个小朋友在一起生活。你一定会很开心。"

前园向祥太说明今后要去那里生活的福利院的情况。在工作范围之外,他要了那个地方的宣传册,利用休息日专程去看了一下。

"那里只有孩子吗?"

"嗯。每天有大人做饭给你们吃。还有零用钱呢。那样你就可以买自己喜欢的书了。"

"欸……"

听上去挺不错,祥太想。

"你可以每天去上学。"

"不是在自己家里学不了的孩子才去上学吗?"

祥太反问,那是阿治告诉他的。

前园克制住心头的愤怒。

"有的东西在家里学不到。"

"什么东西?"

祥太将拿在手里的警察手账还给前园,喝了一口前园在自动售货机上买的橙汁。

"和别人的交往吧……比如交朋友……"

"凛酱呢?她怎么办?"

祥太问,这是他最担心的。

"她回自己家了。"

前园说话时十分注意措辞,避免伤到祥太。

"真的?"

前园点点头。

祥太一定知道自己和他们不是真的一家人,前园又想到这一点，内心很痛。

"祥太……如果你也……"

前园想说，如果你也想自己家人的话，我一定会尽力帮助你，但是祥太在前园把话说完之前已经在摇头。

"我什么都不记得了。"

前园不再出声。无论他身边的那些人有多么不堪，哪怕不是真的一家人，但对于祥太来说，能称为"家人"的，也只有这些人。

但是，祥太永远失去了这些"家人"。

树里回到了以前的生活。

当初受到的高度关注已经减弱，北条保很快恢复了家庭暴力，夫妻吵架犹如家常便饭。

坐在起居室一角的凛酱，将祥太送给她的弹珠举到眼前，对着从阳台上照射进来的阳光，里面能看到小气泡。她觉得那是"大海"。她将弹珠拿给坐在梳妆台前的母亲看。

"妈妈你看，这里面……'

"去那边待着,妈妈现在忙着……"

妈妈拒绝了她。北条希在给面部化妆,掩盖遭北条保殴打后留下的乌青块。树里从镜子里看到妈妈的脸颊。好可怜。树里就像为信代做的那样,上前抚摸妈妈的脸。

"痛死了。说了让你别碰!"

北条希冲着镜子中的树里道。"一边儿去!"她瞪了树里一眼。树里从妈妈身边走开,回到房间的一角。

"怎么不说对不起?"

平时嘴里总是说着"对不起"的树里,今天没说。

北条希回过身子,用猫叫一般的声音对树里说:

"树里,我给你买衣服,快来这儿。"

树里第一次使劲儿摇了摇头,拒绝了妈妈。

"凛酱说过自己想回去吗?"

信代无法掩饰自己的忧虑。她当然想过,自己收留的凛酱会回到亲生母亲的身边,但一旦成为现实,她的内心充满女儿被人夺走的痛苦。

"是树里。"

宫部没忘记纠正名字。

必须让信代明白,现实中并不存在名叫凛的女孩。

宫部想。

"不可能想回去,那孩子。"

信代似乎并没有接受眼前的现实。

"孩子需要母亲。"

"那只是母亲的一厢情愿吧?"

她想说什么?宫部看了一眼信代。

"把孩子生下来就算是母亲了?"

"不生的话不是更做不了母亲吗……"

"……"

"我理解你不能生孩子的痛苦。"

"……"

"羡慕别人?所以诱拐?"

错了，不是诱拐。

信代想。

"也许是仇恨吧……对母亲。"

信代说起过自己的母亲。

就因为有了生育这一事实，便戴上母亲的面具，控制女儿的人生，最后抛弃了自己，信代恨她。

宫部意识到，是自己心中的"母亲"无法原谅眼前的这个女人。

"两个孩子怎么称呼你？"

宫部的话里分明带着刺。

信代沉默着。

"妈妈？母亲？"

怎么可能这么称呼。这个女人没有被这么称呼的理由。这么想着，宫部又重复了一遍。

信代的脸色沉了下来。这种事没什么大不了，自己对祥太这么说过。但是，被宫部这么一问，与那时完全不同的感觉涌上心头。

那个时候，我的确是母亲。信代想起在浴室里看到对方的疤痕时触摸在上面的指尖、点燃衣服时两人的相拥、那个孩子流着泪水的眼睛、在海滩上牵着的那只小手。

我没有生育那个孩子。但是，我是她的母亲。

然而，不会再有被那个孩子喊"妈妈"、喊"母亲"的时候了。

当信代明白了这一切时，泪水夺眶而出。

她怎么都无法止住眼泪。

信代用手拢住头发，仰天长叹。

她的嘴唇在颤抖。

哪怕一次也行，多想听到她喊"妈妈"。

回过神来时，亚纪已经站在了那个家的门口。在宫部的盘问下，她把初枝埋在地底下、信代是指挥者等一切都如实说了出来。

当亚纪明白自己终于有了栖身之地的这个家，最终只是和金钱、犯罪联系在一起时，她真想糟蹋它。

"谢谢你的协助，终于真相大白了。"

官部感谢亚纪。离开警察署时，想起没有可回去的家，她的心情反而轻松下来了。结果却不知不觉走到了这里。

电视新闻中的骚动宛如一场梦那样平息了下来，房子依然伫立在那里，只剩下了荒凉。没有衣服晾在上面的晾衣杆在风中摇晃了好一会儿。看不到烟花的天空，在远处露着那一小张脸蛋。

十分宁静。亚纪手放在套廊的玻璃门上，两手一口气把它左右拉开。可能是由于夏天一直关着门的缘故，一股霉味儿扑鼻而来。

亚纪用力地深吸了一口气，闻不到奶奶被窝的气息。

屋子里大概依然保留着现场搜查结束时的老样子，好几处橱柜的空抽屉叠在一起。

一切都结束了。

亚纪无法相信的是，背叛这个家庭的生活和记忆的人，竟然是自己。亚纪想过以这种方式聚集到一起的家庭终有结束的一天。亚纪意识到，这个家庭的终结者的确就是自己。

为了让这一痛楚铭刻在自己心头,所以来了这里,亚纪明白了。

(我要去哪里?)

亚纪在心中嘀咕。

"我要去哪里?"

这次她放声说了出来。

远处传来了狗吠声。

第六章

雪人

雪だるま

祥太和阿治并肩坐在木更津没什么人的海边,鱼钩沉在水里。他们已经半年没见面了。

"鱼饵分软的和硬的。按照水的深浅,有浮动的、静止的和沉下去的……"

祥太边为阿治梳理缠在一起的钓线边不停解释道。

"你怎么知道这些的?哪儿学的?"

阿治对祥太的解释十分佩服,在问了不少问题后这么问道。

"书上读到的。"

祥太说着,有些害羞地低下头。

"书上读到的啊。"

阿治也笑了,两人又把钓线下到海水里。

在海边坐了将近3个小时,身体也变得冰凉,钓到不少竹荚鱼。两人凝神看着水桶。

"1、2、3……4、5、6……"

两人异口同声数道,像过去一样碰了一下拳头。

"耶!"

"耶!"

两人又注视着蓝颜色的水桶。

"怎么办?"

阿治问。

"不能养起来吧?"

祥太问道。

"啊……应该养不活……"

祥太用食指戳了一下鱼背。

"放了?"

"是啊……"

两人站起来,把水桶里的鱼放回海里。

竹荚鱼幼小的黑色躯体,很快在混浊的海水中消失得无影无踪。

钓鱼结束后,两人来到关押信代的拘留所探望。他们将鱼竿放进储物箱里,被带进了一个房间,在折叠椅上坐下。信代很快来了。

"今晚要下雪呢。"

信代说着,坐在两人的正中间。可以让对方声音传出来的圆洞恰好可以露出信代的一张脸,看不清她的表情。

祥太反而心情放松下来了。

"他们说大概会判5年……"

信代轻松地说。

"对不起……带上我的份了。"

虽然是两人商定的,但把所有的责任都推给信代,还是让阿治十分内疚。

"你有前科,5年怕是不够。"

"可是……"

"我很开心。还觉得赚了呢!"

这话听上去不像假的。

"对不起……都怪我没跑掉……"

祥太说着低下了头。

"不是祥太的错。"

信代向前探了一下身体,将脸凑近。

"是啊,怎么可能永远不失手。"

阿治在祥太的背后拍了一下,安慰他。两人好像不知道祥太是为了掩护凛酱才偷那些东西的。这样就好,祥太想。

"福利院怎么样?每天都在好好上学?"

信代笑着问祥太,表情十分和蔼。

"嗯,语文考试,我全班第8名。"

"好厉害!"

信代表情有些惊讶。

"祥太可聪明了。"

阿治好像说自己似的那么开心。

"头发剪短了？让我看一下。"

信代做了一个脱帽的手势。

钓鱼时祥太就一直戴着上面绣着一个罗马字母的帽子。

帽子是警官前园送给他的。

"快，让她看一下。"

说着，阿治推了一下祥太的肩膀。

祥太脱下帽子。大概每天都洗头了，和以前不同，干爽的刘海在额头上摇晃。

"不错，看上去文质彬彬的。"

阿治又称赞祥太，在车站一见到祥太他就一直说这句话。

"祥太……"

信代视线又回到祥太脸上，目不转睛地望着他。

"捡到你的地方，是在松户的柏青哥的停车场……红颜色的奔驰车。牌照是习志野。"

祥太默不作声地听着。

"说什么呢……"

阿治一时吃惊得张口结舌。

"你如果想的话,一定能找到你的亲生父母。"

去年的年末,信代告诉每个月来探视一次的阿治"想见祥太"。她心里一定很清楚,不可能见到凛酱,但至少想见一下祥太,阿治想。

"明白了,我想想办法。"

阿治离开探视室时许诺道。他知道福利院的地址,于是将目标锁定在福利院附近的小学。等到学校放学时间,他守候在校门口。实话告诉福利院的话,恐怕不会允许带走祥太,他只好瞒着福利院。

"……你……你是为了说这些让我带祥太来的吗?"

阿治终于明白了信代的真实意图,语气也变得生硬起来。

"不错……你要明白。我们不配,有这个孩子。"

信代像教育孩子似的对阿治说着,视线落到了祥太身上。

祥太也直视着信代。

祥太觉得信代非常美。

不，或许和美不完全相同。他感到，她的眼睛和嘴巴，有着过去没见过的清澈和安宁。

信代强忍着眼中的泪水，在快要夺眶而出的瞬间，她通知边上的警官说"谈话结束了"。随后站起身子。两人默默无语地目送信代的背影。

快走到门口时，信代停下脚步，回过头来。

听不见她的说话声，但从嘴型上看到她的嘴好像动了一下："再见！"

阿治没再呼唤信代。祥太在一旁没敢看阿治的脸。

两人离开拘留所乘上电车，谁都没有说话。

"再见"和"下次见"不同，祥太想。那一定是"告别"的意思。

东京的天空在车窗外移动着，开始下雪了。

在车站，祥太犹豫是否要和阿治告辞，最后他还是决定跟阿治回他居住的公寓。

他不放心一直沉默不语的阿治一个人回家。两人并排走在雪花纷飞的大街上。

"下大了。"

祥太抬头看天。

"果然应了她的话……"

阿治好像有些担忧地摸了下受过伤的右腿。

握在手里的钓鱼竿冰冷,祥太一路上不断地将钓鱼竿从右手换到左手,再从左手换到右手。

两人先顺道进了一家便利店,买了杯面和可乐饼。

阿治租住的公寓有两层,一共 8 个房间,其中 3 个房间没人居住。外楼梯已经锈蚀,铁栏杆也歪了。

"别碰它,危险。已经坏了。"

走上楼梯,阿治回头叮嘱祥太。

铺木地板的厨房里有一个小水池和一个煤气灶,6 张榻榻米的单居室结构的房间里没有桌子也没有其他东西,空空荡荡的,看上去很宽敞。

　　水烧开后，倒进杯面中，可乐饼放在杯面的盖子上，等待3分钟。

　　两人同时嘴上发出"叮——"的一声，开始吃起来。

　　"……这种吃法，真好吃啊。"

　　"没骗你吧。"

　　"跟谁学的？"

　　"……"

　　"嗯？跟我？"

　　阿治大笑起来。

　　"一个人住在这里吗？"

　　祥太环视了一下房间，问道。

　　和那个家正相反。

　　"嗯。小是小了点，不过，浴缸是新的。"

　　阿治得意地说。

　　"欸……"

"待会儿一起洗吧?"

"我想想。"

"怎么,还害臊啊?"

祥太觉得阿治好像是装出来的快乐。

刚才信代说的"再见"这句话,在祥太的脑子里怎么都挥之不去。

阿治也一定和自己一样,祥太想。

"要不要住在这里啊。"

"……不会挨骂吗?"

阿治忍着窃喜问道。

"现在回去也一样挨骂。"

"说的是。"

两人故意用力吮着面,发出很大的声音。

雪一直下到深夜。

阿治走到走廊上抽烟时,外面已经出现了一片白茫茫的雪景，仿佛不是身在东京。

"祥太，快来。"

阿治叫道，他向空中吐了一口烟。

正在做铺床准备的祥太走出玄关，打开房门的瞬间"哇哦"地叫了起来。

"下得好大！"

他嘴上嘟哝道。

"是吧！"

阿治应道。

祥太快步走下楼梯，穿过停自行车的场地，来到公寓的院子里。他回头看阿治。

"堆雪人吧。"

话音刚落，祥太便蹲在地上，动手堆了一个小雪球。阿治在用作烟灰缸的鲑鱼罐头里掐灭烟头，穿着拖鞋跑下楼梯。

宁静的夜晚，远处传来救护车疾驶而过的声音。

道路的另一侧，雪从人家门口的树枝上落下来，发出"扑通"

的响声。没有人的动静。

祥太只听见两人脚踩雪地和将雪人滚得越来越大的声音。

似乎这个世界上只有他们两个。如果一直只有他们两个人该多好,祥太想。

祥太和阿治在一个被窝里背对背躺下。

他们将被雪打湿的衣服挂在水池前的晾衣绳上,电暖炉放在下面。

漆黑的屋子里只有电暖炉中的火闪着橘红色的亮光。

钻进被窝30分钟后,脚趾终于暖和起来。祥太的后背感到了阿治的动静。

"睡着了吗?"祥太刚要开口问的同时,阿治问道:"睡着了吗?"

"还没……"

祥太回答。

"明天,要回去吧?"

阿治确认道。

"嗯……"

明天再不回去的话一定会酿成大事,相比自己,会给阿治带来更大麻烦,祥太想。

"唔……"

祥太想起自己一直有个疑问。

"嗯?"

"大家……是不是准备逃跑,扔下我一个?"

他感到阿治的身体霎时变得僵硬。

"啊……是的。不过,在那之前就被抓了。"

"是吗……"

假如是在过去,阿治也许会撒谎"没有的事,正好要去接你"。

但是,和祥太一样,白天玻璃后面的信代最后的那张笑脸,也一直在他脑子里挥之不去。

"对不起,祥太……"

"嗯。"

"对不起。"

阿治又一次道歉。祥太没有回应。

"老爸……决定做回大叔……"

阿治说道，说这句话他似乎竭尽了全力。这不是之前考虑好的话，是刚才和祥太一起堆雪人时才冒出来这样的念头。

从来没有被叫过"老爸"，却这么说了出来，对于祥太来说没准儿会觉得十分奇怪，阿治想，他等着祥太的反应。

"嗯，好啊。"

祥太背对着阿治说。两人都不再出声。

不一会儿，开始听到祥太睡着后的轻微呼吸声。听着这一声音，阿治整晚失眠了。

睡着的话就太可惜了。

晾在那儿的祥太的衣服已经干了，阿治取下后，折叠好放在祥太枕边。

祥太睡得很熟。阿治再次钻进被窝躺下。

一起去海边。一起看烟花，不，是听烟花。一起堆雪人。

我已经够满足了。再有什么奢望的话,会遭报应的。阿治这么告诉自己。

天亮时下雪转成了下雨。

(雪人会化掉吧?)

阿治想。

两人在中午前起来,出发去公交车站。

两人依然沉默着。并排站在站牌前,等着大巴进站。

大巴靠近,从面前经过,轮胎发出的声音传入耳朵。

"记住,回去好好认错。"

阿治终于难以忍受地打破沉默。

"嗯。"

祥太注视着前方,说道。

"就说是被叔叔强行带走的。"

"知道。"

大巴从远处现身了。阿治像昨天的信代一样,想对祥太说什么。他想,必须说出口。

"对不起……叔叔……决定……"

从自己的嘴里第一次说出"叔叔"这个称呼,阿治忽然脑子里一片空白,后面的话都卡在喉咙口。

(决定不再见面。)

阿治的话刚要出口。

"我是故意被抓到的……"

祥太开口道。

"欸?"

阿治不解地反问。

"我是故意被抓到的……"

祥太又说了一遍。

阿治马上反应过来了,真是善良的祥太。

决定结束这一切的不是自己,而是祥太。

"不是叔叔的错。"

眼前的少年,他是这么说的。

大巴的喇叭声在远处响了起来。

（该分手了。）

阿治拍了拍祥太的肩膀。

"是这样啊。"

阿治觉得站在身边的这个少年，远比自己像个大人。

有些难过，也有些高兴。

大巴又响了一声喇叭，停在两人面前。祥太默默上了车。

"祥太……"

阿治低声挥着手。祥太好像听不见。他走到车厢最后的位子上坐下。大巴开了。

"祥太……"

阿治又叫了一声。当他回过神来时，自己追着大巴在跑。祥太没有回头。

祥太的帽檐压得很低，固执地不回一下头。他想，假如回过头挥一挥手，阿治会更加难过。

过了3个红绿灯，祥太感觉身后似乎没有了阿治追赶大巴的动静。他终于回过头去,向车窗外张望。残留着白雪的柏油马路上,树丛在不断向后退去。

"……老爸……"

祥太的口中第一次这么叫。

追赶大巴的阿治,停下脚步,他强忍着泪水,抬头仰望天空。他哭了起来,发出孩子一般的哭声。他感到自己失去了最宝贵的东西。放声大哭的阿治,他没有可去的地方。没有人在等他。

小区住宅楼的外走廊上,树里一个人在玩儿。

她的手背上,又像过去一样有了乌青块。

装着很多贝壳等宝贝的瓶子放在一边,她一个个地捡起散落在脚边的弹珠。

"1、2、3,爬上山……"

栅栏另一头可以看到工厂的黑屋顶,那上面还残留着昨晚下的雪，阳光照在上面，闪着白光。

"7、8、9，拍皮球，伸出两只手，10个手指头……"

树里数着信代教自己唱的数字歌，一直数到10。

地上还有4个弹珠。

她不知道10之后该怎么数。

"学会的话该多好。"

树里有点沮丧。

没办法，她只好又从头数起"1、2、3，爬上山……"，把所有弹珠都装进瓶子。

此时，她忽然觉得有人叫自己，她站到啤酒箱上，抓住栅栏探出身子。她使劲儿挺起胸脯，设法看清远处。

树里抓在栏杆上的双手冰冷冰冷的。

小雪人堆在垃圾场的边上。她觉得有人跑近的脚步声，于是将身体探出栏杆。

她的目光似乎被什么东西吸引住了，双手紧紧握住栏杆，重重吸了一口气。

是什么人的，听不出来在说什么的声音在冬天云层密布的天空中回荡。

那个声音在喊着。

在高声地喊着。

图书在版编目（CIP）数据

小偷家族 /（日）是枝裕和著；赵仲明译 . —北京：
北京联合出版公司，2018.12（2023.5 重印）
　ISBN 978-7-5596-1093-5

　Ⅰ . ①小… Ⅱ . ①是… ②赵… Ⅲ . ①长篇小说 – 日
本 – 现代 Ⅳ . ① I313.45

中国版本图书馆 CIP 数据核字（2018）第 254292 号

『万引き家族』　　（是枝裕和）
'MANBIKI KAZOKU'
by Hirokazu Kore-eda
Copyright © Hirokazu Kore-eda 2018
All rights reserved.
Original Japanese edition published by Takarajimasha, Inc., Tokyo.
Simplified Chinese translation rights arranged with Takarajimasha, Inc. through Tuttle-Mori Agency, Inc., Tokyo
Simplified Chinese translation rights © 2018 by Xiron

北京市版权局著作权合同登记 图字：01-2018-7974

小偷家族

作　　者：[日]是枝裕和
译　　者：赵仲明
出 品 人：赵红仕
责任编辑：史　媛

北京联合出版公司出版
（北京市西城区德外大街 83 号楼 9 层 100088）
三河市中晟雅豪印务有限公司印刷　新华书店经销
字数 120 千字　880 毫米 ×1230 毫米　1/32　8.75 印张
2018 年 12 月第 1 版　2023 年 5 月第 10 次印刷
ISBN 978-7-5596-1093-5
定价：58.00 元

未经许可，不得以任何方式复制或抄袭本书部分或全部内容
版权所有，侵权必究
本书若有质量问题，请与本公司图书销售中心联系调换。电话：010-82069336

文治
微博：http://weibo.com/wenzhitushu
小站：http://site.douban.com/wenzhi

做好书